SOCRATE

EN DÉLIRE.

Cet Ouvrage se trouve aussi

Chez { LE PRIEUR, Libraire, rue de Savoye, N° 12.
FRANCART, Libraire, quai des Augustins, N° 18, près le Pont S. Michel. }

Je Supplie Alexandre de S'oter un
peu de mon Soleil

SOCRATE

EN DÉLIRE,

OU

DIALOGUES

DE

DIOGÈNE DE SYNOPE.

Traduits de l'Allemand

DE M. WIELAND.

Insani sapiens, æquus fert nomen iniqui
Ultra quam satis est virtutem si petat ipsam.

A PARIS,

Chez ROCHETTE, Imprimeur, rue et
maison ci-devant Sorbonne, N.º 382.

An V. —— 1797.

y²   74282

SOCRATE
EN DÉLIRE.

CHAPITRE PREMIER.

L'IDÉE me vient d'écrire mes aventures, mes remarques, mes rêveries, mes sensations, mes opinions, mes folies, les vôtres, et le peu de sagesse que j'ai peut-être appris à force d'en faire et d'en voir. Je commencerois même par vous dire ce qui m'a fait imaginer ce beau projet, si j'avois du papier... Il est vrai que nous nous en passerions aisément avec des tablettes, ou de l'écorce, ou du parchemin, ou des feuilles de palmier. Nous suppléerions même à tout ceci par du fer-blanc, du marbre, de l'yvoire, ou même par des briques. Tout cela, en effet, servoit à écrire autrefois, qu'on se piquoit d'écrire

pour la postérité plutôt que d'écrire beaucoup. Par malheur, toutes ces ressources
me manquent, et quand je les aurois, ce
seroit encore en pure perte, puisque je
n'ai ni plume, ni style, ni aucun autre
instrument propre à écrire. Je n'ai que ce
morceau de craye. Cela est désagréable ;
mais comment ferois-je, s'il n'y avoit rien
de tout cela au monde ? Ne point écrire
seroit le plutôt fait : mais je veux écrire,
j'y suis résolu. Écrire sur le sable ? cela
se pourroit. Je connois deux ou trois cens
Auteurs, possédés comme moi de la ma-
nie d'écrire, auxquels je recommanderois
sérieusement cette méthode. Le sable a
cependant ses inconvéniens... Que je suis
bête !... d'avoir besoin de réfléchir un seul
moment, pour m'appercevoir que mon
tonneau est assez grand, pour que j'y
puisse copier, s'il le falloit, l'Iliade entière ! Oui, j'écrirai sur mon tonneau. Il
est d'ailleurs si nud ! Ni sculptures, ni
dorures, ni tapisseries, ni peintures ; il
est réellement trop simple. Aurois - je
donc moins d'industrie que cet insecte,
dont les filamens visqueux forment ces
tissus, qui décorent les appartemens de
nos Argonautes modernes ? Le ver-à-soye
file lui-même sa demeure. A cet égard,

je lui porté envie et ne puis l'imiter. Cependant, pourquoi mon cerveau ne pourroit-il pas produire de quoi tapisser mon logis ? j'y vais travailler à l'instant, du moins tant que durera ce morceau de craye.

Franchement, je serois fâché qu'il y eût sur cette terre platte, ronde ou quarrée, (que ces Messieurs, qui n'ont rien à faire, et qui pourtant ne peuvent être oisifs, prononcent sur ce qu'elle est ;) je serois fâché, dis-je, qu'on vît sur la terre un seul animal à deux pieds, sans plumes (*), qui eût encore moins de besoins que moi. L'excellente chose que d'être sans besoins, ou si l'on ne peut parvenir à n'en avoir exactement aucun, de n'avoir du moins que ceux qu'on ne peut absolument réformer, et de ne s'en occuper que le moins qu'il est possible ! Cela vous coûte un peu de peine au commencement, à moins qu'on ne vous y ait élevé. Mais combien de peines n'éprouve pas le fou, qui s'est mis en tête de mourir riche ! Que de

....

(*) Allusion à une définition de l'homme, attribuée assez mal-à-propos à PLATON, à qui il arrive assez souvent de dire de sublimes folies, mais qui n'étoit pas homme à dire des plattitudes.

peines ne vois-je pas prendre à mon ami *Phœdrias*, d'abord pour gagner sa maîtresse, ensuite pour la satisfaire, enfin pour la conserver! Combien en coûte-t-il à un autre, pour devenir Sénateur, d'épicier ou de corroyeur qu'il étoit! Comme celui-ci doit flatter péniblement pour s'insinuer dans les bonnes graces d'un Satrape! Les insensés! La moitié de la peine qu'ils se donnent, pour augmenter au centuple la somme des maux que la Nature n'a voulu attacher à la condition humaine, seroit plus que suffisante pour les mettre en possession d'une félicité presqu'égale à celle des Dieux.

En effet, que les *Immortels* ne soient heureux, que parce qu'ils n'ont rien à faire que s'enivrer éternellement d'ambroisie, se parfumer de nectar, respirer l'encens que nous brûlons en leur honneur, c'est ce que leurs prêtres croyent autant que moi. Ils sont heureux, parce qu'ils sont sans besoins, qu'ils ne craignent, n'espèrent, ne désirent rien et trouvent tout en eux-mêmes. C'est ce que je suis aussi, moi, au moins autant que le peut être un pauvre hère de *Mortel*, qui a besoin de pain ou de racines pour vivre, d'un manteau pour ne pas geler, d'une cabane, où tout au moins d'un tonneau, pour se garantir de l'humidité, et... d'une femelle de son espèce, s'il veut planter des hommes (*).

Je suis cependant très-satisfait, d'être parvenu à n'avoir besoin que de racines contre la faim et la soif, que d'un manteau de bure pour cacher ma nudité, et que de mon tonneau contre l'intempérie des saisons. Quant au quatrième point, vos rigoristes n'aiment pas à en entendre parler, et un homme sage y pense le moins qu'il peut. Ne peut-il s'empêcher d'y penser? Croyez-moi, la Nature, notre bonne mère, y a pourvu, comme je vous le prouverois par un petit exemple fort joli, si je ne craignois de vous rendre jaloux.

CHAPITRE II.

SI quelqu'un se mettoit en tête de devenir sage, pour en être plus agréable aux autres; si, par exemple, il prétendoit par-là faire fortune, ou acquérir de la considération dans le monde, ou se soustraire à la causticité, je lui conseillerois, sauf meilleur avis, de rester en repos et d'aban-

(*) Allusion à un mot attribué à DIOGÈNE par le compilateur de l'histoire des Philosophes.

donner son projet. Je gagerois ma besace
et mon bâton, c'est-à-dire tout mon bien,
contre une fève, (en supposant cependant
que vous n'êtes point Pythagoriciens) qu'il
y perdra ses peines de façon ou d'autre.
En effet, on vous gagnerez l'estime publique ; et alors je serai bien trompé, si vous
n'êtes redevable de cet honneur ou à votre or, ou à votre emploi, ou à votre
femme, ou à votre sœur, ou à votre bonne
mine, ou à vos talens pour la danse, pour
le chant, pour la flûte, ou à votre adresse
à sauter à travers un cercle, ou bien à
faire passer des grains de millet par le
trou d'une aiguille, ou enfin à toute autre chose qu'à votre sagesse ; ou si, par
une faveur singulière du Ciel, vous par-
venez à cette sagesse, soyez sûr que rien
ne pourra empêcher le monde de vous regarder comme une espèce de fou. En ce
cas vous ferez bien de faire comme *Dio-*
gène; c'est-à-dire, que *Diogène*, précisément parce qu'il est sage, n'est pas assez
fou pour se soucier de ce qu'on dit. En
effet, mes bons amis, s'il recherchoit votre
approbation, lui qui n'a point de graces à
vous accorder, point de repas à vous donner, point de vin de Perse, point de jolie
femme à vous offrir, il faudroit bien, ou

qu'il tournât les meules de vos moulins ;
ou qu'il travaillât dans vos mines ; ou que
par ses plaisanteries, il vous procurât une
digestion facile, ou qu'il se mêlât de quelque autre honnête métier de cette espèce.
Or , avec votre permission , il a jugé à
propos de se dispenser de tout cela , et de
tout ce qui pourroit y ressembler ; et pourquoi cela , Messieurs ? C'est apparemment
parce qu'il sait se passer de votre approbation.

Avec les bonnes amies , c'est une autre
affaire , et même sans être beau , riche, ou
en crédit , sans être vêtu de pourpre, sans
être parfumé d'essences précieuses , sans
une tête bien peignée, ou même sans avoir
une tête quelconque , enfin , sans posséder
aucune de ces qualités , que les femmes
peuvent avoir en commun avec nous , il y
a , charmantes créatures, graces à la bonté
de votre cœur , un moyen infaillible de
mériter votre approbation , et..... nous
nous entendons , ce me semble. Si jamais
mes ennemis poussoient la noirceur jusqu'à vouloir m'enlever , par certaines ca-
lomnies , la bonne opinion que vous avez
de moi , je pense qu'il s'en trouvera parmi
vous quelques-unes assez généreuses, pour
me prendre sous leur protection , et pour

faire entendre à leurs amies, que *Diogène* n'est pas absolument sans mérite.

CHAPITRE III.

AU reste, Messieurs de Corinthe, d'A-thènes, de Sparte, de Thèbes, de Mégare, de Sicyone, et vous, à qui je devois l'honneur de vous nommer les premiers, mes chers concitoyens de Synope, sachez que je suis trop glorieux de sortir de la même tige que vous, pour prétendre à plus de sagesse qu'il ne m'en faut pour mon usage indispensable. S'il m'en reste un superflu, que je puisse vous offrir, j'avouerai sans détour, que j'en suis uniquement redevable aux observations que j'ai en lieu de faire sur vos actions. Je les voyois ordinairement suivies d'un retour, que j'aurois pu vous prédire, sans être un *Oedipe*; vous vous en repentiez, et moi j'en concluois tout uniment, que vous auriez mieux fait de vous y prendre autrement.

J'ai récueilli quelques remarques là-dessus, et je vous en présenterai, dans l'occasion, à-peu-près la quantité que je vous crois capables de digérer.

En attendant, revenons à ce que je disois.

sois. Je remarquerai ici, pour l'utilité des
pauvres d'esprit (*), que, depuis qu'il a plu
à mon ami *Platon* de m'honorer du nom de
Socrate en délire, quelques étourdis des faux-
bourgs de *Corinthe*, et peut-être de la cité
même, semblent en avoir pris occasion,
de mettre sur mon compte une foule de
sottises de leur invention, et de dénaturer
tellement celles dont je conviens, que je ne
puis plus les reconnoître pour miennes. Je
serois bien fâché, si ce que je vais en dire
leur causoit le moindre déplaisir. Car je
m'apperçois très-bien que ce petit passe-
tems n'est pas pour eux tout-à-fait si fri-
vole, qu'il paroît d'abord. Ils peuvent, par
exemple, faire briller leur sagesse, en exa-
minánt bien sérieusement les folies qu'ils
m'imputent, et leur esprit dans les plaisanteries qu'ils en font. Ils ont en cela
l'avantage de celui qui se forme lui-même
l'ennemi qu'il veut vaincre ; il peut lui

....

(*) Expression allemande DEN EINFÆLTIGEN
ZUM BESTEN qui perd sa grace dans notre langue. C'est une allusion à une formule, que certains auteurs mettoient autrefois à la tête de leurs
ouvrages, persuadés qu'un livre de morale ou de
dévotion, dès qu'il est destiné à l'usage des ames
simples et pieuses, est dispensé d'avoir le sens
commun.

Diogène.   B

donner précisément le degré de foiblesse
et d'inhabileté nécessaire pour qu'il soit
forcé de succomber. Ce seroit une indis-
crétion à moi, de les troubler dans cette
petite jouissance. Je préviens donc que
tout ce que je dirai dans cet article, ne
doit point préjudicier à leurs prétentions,
et que je ne l'écris que pour l'utilité de
ceux qui desireroient de me connoître et
qui, par hazard, n'auroient pas occasion
de faire le voyage de *Corinthe.*

J'avoue donc que, depuis bien des années, j'ai tâché de découvrir comment il
falloit que je fisse pour parvenir à me rendre aussi indépendant qu'il seroit possible.
J'ai trouvé que cela se pouvoit à certaines
conditions, et que ces conditions ne dé-
pendoient que de moi.

Ma théorie fut bientôt développée. Je
fis d'abord ce que très-peu de Moralistes
ont le courage de faire... Je me hâtai de
la mettre en pratique; et, sans vanité,
je travaillai si heureusement, qu'au bout
de vingt ans je parvins à habiter, comme
vous voyez, très-commodément un tonneau, à me nourrir de fèves et de laitues,
et à puiser mon nectar dans le creux de
ma main, au défaut de vase, à la source
la plus voisine. Aussi je jouis de tous les

privilèges de l'indépendance. Je n'ai que
faire de vous tromper, et je suis sûr que
vous ne me tromperez pas davantage. Je
n'espère, je n'exige, je ne crains rien de
vous. Car où est le pauvre diable qui voudroit me voler mon bâton et ma besace,
remplie d'une poignée de fèves et de quelques croûtes de pain bis ? Au surplus, si,
contre toute apparence, il se trouvoit quelqu'un assez indigent pour les convoiter, je
les lui abandonne de très-grand cœur. Je
trouverai bien un autre bâton dans la forêt
voisine; je me ferai une autre besace d'un
bout de mon manteau, et voilà mes pertes
réparées. Enfin, je ne vois pas ce qui nous
empêcheroit d'être les meilleurs amis du
monde. Quoi que vous ambitionniez, jamais vous ne me trouverez en votre chemin. Aspirez, si vous voulez (ne prenez
pas ceci pour un conseil), aspirez à une
place d'Archonte, de Prêtre, de Général;
à une place sur le canapé d'une jolie femme ou de quelque vieille opulente, ou d'une
belle Nymphe qui, pour vingt mines d'espèces sonnantes, vous fera ce que fit *Diane*
au bel *Endymion*; briguez la faveur d'un
Satrape, d'un Roi, d'une Reine, briguez
une couronne, ou même une place entre
les Dieux (car vous savez qu'elles se ven-

dent comme les autres) , briguez enfin tout ce qu'il vous plaira , *Diogène* ne sera jamais votre rival. *Diogène* est l'homme du monde le plus innocent et le plus sans conséquence, si ce n'est que, dans l'occasion, il vous dit vos vérités; et quand même par - là il ne contribueroit en rien à vos plaisirs , il me semble pourtant que ce ne seroit pas faire trop pour lui , que de lui laisser la jouissance gratuite de l'air et des rayons du soleil , et de lui permettre de se reposer au pied de quelque arbre, que son ayeul a peut-être planté.

CHAPITRE IV.

NE vous disois-je pas que *Diogène de Synope*, fils d'*Icetas* (dont , au reste, je ne dissimule point les folies), n'est pas si insensé qu'il a plu à Messieurs et Mesdames de *Corinthe* de l'inférer de quelques traits de sa façon de penser? « Cet homme, disent-ils, affecte d'être singulier. » Et vous, Messieurs et Dames, vous affectez d'être honnêtes et quelquefois même vertueux. » Il a jetté son écuelle de bois, » après avoir vû un mendiant boire dans » le creux de sa main. » Ce trait, avec votre permission , est un peu falsifié. L'équelle devoit être jettée, parce qu'elle n'étoit plus bonne à rien. Il n'en trouva pas d'autre à l'instant; par bonheur, il vit un honnête enfant de la terre, dont il apprit à boire sans écuelle. Un homme sage trouve toujours l'occasion d'apprendre quelque chose; et je vous proteste, Madame, que c'est de votre *Épagneul* que j'ai appris toute la philosophie d'*Aristippe*... Mais supposons que je l'eusse jettée, parce que je pouvois m'en passer? *Cléon*, qui boit aujourd'hui dans une coupe d'or, parce qu'il a aidé à condamner l'innocent *Nicias*, *Cléon* seroit encore un honnête-homme, si, comme moi, il eût pu boire dans le creux de sa main.

« Mais *Diogène* est un ennemi des fem-
» mes. » Ha! ha! ha!

« Il affecte de dire aux gens des choses
» désagréables. » Est-ce ma faute à moi, si la vérité n'est point agréable?

« Il loge dans une futaille. » C'est bien un tonneau, comme vous voyez, et assez spacieux pour un homme qui n'a ni famille ni affaires. Mais supposons que j'aie voulu prouver qu'au besoin, la plus étroite habitation est assez grande pour un honnête-homme?... Je le sais, bon *Xeniades*, si jamais l'âge ou les infirmités me ren-

dent nécessaire une demeure plus commode, l'amitié prépare sous tes Lares hos-
pitaliers une petite retraite à ton *Diogène*.
Mais comme je n'en ai pas encore besoin,
que le gazon renaissant soit , dans ces
beaux jours d'été, le lit où je repose , que
l'herbe molle , parsemée de fleurs , me
serve de carreaux , tandis que ce beau ci-
près répandra sur moi son ombre épaisse
et salubre. Ainsi couché , je respire l'ha-
leine rafraîchissante de la Nature ; les
cieux , tels qu'un superbe pavillon , me
couvrent et m'environnent , et tandis que
mon œil en parcourt l'immense étendue ,
mon ame s'épanouit , tranquille et sans
nuages comme eux.

« Mais , direz - vous , par quel caprice
» métamorphoser en tablettes les douves
» de votre tonneau ? » Bon ! que ce soit un
caprice ! n'avez-vous , par hazard , jamais
de caprices ? Ou mes caprices valent-ils
moins , parce qu'ils sont les miens , que
vos caprices , parce qu'ils sont les vôtres ?
Cependant , voyez ces feuilles. Ce sont de
belles tablettes d'yvoire , réliées en cuir
doré. Je m'en servirai , peut-être , faute de
moins belles. Je ne m'opiniâtre point à
fuir mes aises , quand elles me poursui-
vent , et que je ne suis pas obligé de leur

sacrifier quelque chose de plus considérable. Le bon *Xeniade*, à qui elles appartiennent, croit qu'elles en vaudront mieux, si je les lui rend tout écrites. Bon *Xeniade*, tu seras satisfait.

CHAPITRE V.

ELLE étoit couchée sur une pile de carreaux et penchée négligemment vers son épagneul. Elle jouoit avec lui, comme je viens de le dire. Vis-à-vis d'elle étoit assis un jeune homme, dont la physionomie promettoit beaucoup. Il avoit appris à l'école de *Xénocrate*, qu'il faut fermer les yeux, quand on ne se sent pas assez fort pour braver en face une belle séductrice. Il est vrai qu'il n'avoit pas le courage de les fermer entièrement, mais il les fixoit à terre. Par malheur, ils y rencontrèrent un petit pied tel qu'on peut se figurer celui d'une Grace sortant du bain, la jambe cependant cachée. Ce n'eût rien été, ni pour vous, ni pour moi; c'en fut trop pour le jeune homme. Timide et troublé, il détourna les yeux. Il regarda la Dame, et puis l'épagneul, et puis le tapis. Mais le joli pied avoit disparu. Il y eut regret. Il balbutia quelques paroles, absolument

étrangères à ce qu'il éprouvoit. La Dame
caressa son chien : à son tour le chien la
flatta en tirant adroitement avec ses petites pattes le voile qui couvroit son sein.
Il la regarda d'un air malin et se mit... à
sourire, aurois-je dit si les chiens pouvoient sourire. Il tira de nouveau le voile.
La Dame, sans y prendre garde, considé-
roit une *Léda*, ouvrage de *Parrhasius*, qui
étoit suspendu près d'elle. Le badinage de
l'épagneul mit en liberté la moitié d'une
gorge d'albâtre, de la forme la plus séduisante. Le jeune homme clignotoit et
ne se possédoit plus. L'épagneul se dressa
sur les genoux de sa maîtresse ; il appuya
ses pattes sur son beau sein et entr'ou-
vrant sa petite gueule, il la regarda d'un
air avide et intéressé. Elle le comprit, lui
donna des bombons, le baisa, l'appella
son petit flatteur. Le jeune homme n'eut
plus la force de regarder à terre . . . et je
m'esquivai.

Chemin faisant je rencontrai *Aristippe*,
couronné de roses, exhalant autour de lui
les parfums de l'Arabie entière. Il revenoit
très-bien conditionné d'un festin superbe
et délicat donné par le riche *Clinias*. Il
nageoit dans un ample vêtement de soye.
Il resplendissoit de toutes parts du butin,

qu'il avoit fait depuis peu sur *Denis de Sy-
racuse.* Autour de lui folâtroit une troupe
joyeuse de jeunes Corinthiens, et lui, tel
que *Bacchus* entre les Faunes et les Satyres, il marchoit au milieu d'eux, et, chemin faisant, il leur enseignoit sa morale.
Par le Dieu Anubis, protecteur de tous
les petits chiens, que je perde ma besace,
et mon bâton, si *Aristippe* n'a appris sa
morale de l'épagneul de *Danaë!* Caressez
la frivolité des riches et des grands, flat-
tez leurs passions ou favorisez leurs desirs
secrets sans paroître les remarquer, et
vous en recevrez des bombons; voilà tout
le secret. « Quoi! rien de plus? » Pas
un Iota.

CHAPITRE VI.

CROYEZ-MOI, *Clinias, Chéréa, Démar-
chus, Sardanapale, Midas, Crésus,* et qui
que vous soyez tous; ce n'est ni la jalousie, ni le désespoir de ne pouvoir vous
imiter, ni l'orgueil qui veut se rendre
plus légère la privation de ce qu'il ne peut
avoir, en paroissant le mépriser (j'ai fait
mes preuves à cet égard), qui m'empêchent de conseiller à mes amis de courir
après une félicité telle que la vôtre. C'est

uniquement une conviction intérieure, à
laquelle je n'ai rien à opposer.

Vos palais sont d'une construction agréable et vaste, d'une distribution commode.
Ils sont embellis des ouvrages de l'art les
mieux finis, et meublés de tout ce que le
Luxe peut imaginer de plus voluptueux et
de plus recherché. Vos jardins le dispu-
tent à ceux d'*Alcinoüs* et des *Hespérides*;
vos pavillons ressemblent à ceux où les
Dieux d'*Homère* s'enivrent de nectar. Les
enfans qui vous servent, sont des *Ganimè-*
des, et vos esclaves nombreuses n'ont pas
moins de beauté que les compagnes de
Vénus. Votre vie est un festin continuel,
interrompu par la musique, la danse et les
jeux. Il n'y a point pour vous de beauté
cruelle; point de *Danaë* inabordable. Les
verrouils, les grilles, le dragon le plus
vigilant, rien ne vous arrête. Il n'est rien
dont votre or ne vienne à bout. Quelque
Sophiste pourroit vous chicaner sur tous
ces avantages; je n'en ferai rien. Je ne
méprise point la beauté: je ne hais point
le plaisir, ainsi que m'en accusent les bou-
quetières du *Cranée* (*). Je ne déteste rien,
comme les argumens qui ne prouvent rien.

....

(*) Fauxbourg de CORINTHE.

« La volupté énerve, dit *Xenocrate.* » Et la
vertu aussi, lui répondrai-je : autrement
Phryné ne seroit pas si piquée de votre
froideur. *Alcibiade* n'étoit-il pas brave ? Ne
savoit-il pas coucher, quand il le falloit,
sur la terre en pleine campagne, comme
entre les bras de la belle *Némée* ? Dites-
moi, s'il ne savoura pas le brouet noir des
Spartiates aussi bien que les mets délicats
du voluptueux *Tissapherne* ? . . . De grace,
point de ces objections, qui ne sont vraies
qu'à demi, et qu'on peut détruire par mille
autres objections. Disons la vérité; pour
quelqu'un qui n'est point altéré, un bon
vin de Chypre est en effet plus agréable,
quoi qu'en disent d'austères Moralistes,
que l'eau d'une fontaine. Et vos danseuses
d'*Ionie*, vos esclaves de *Scio* sont, *quoiqu'on dise*, de charmantes créatures. Les
chefs - d'œuvre de *Zeuxis*, de *Parrasius*,
d'*Aëtion* et d'*Apelle* remplissent vos galeries. Ils enchantent les yeux des ignorans;
le connoisseur s'arrête et les admire. Ne
seriez - vous donc pas heureux ? Ne de-
vrions-nous pas tous aspirer à un état semblable au vôtre ? Quoi ! la jouissance de
tout ce qui est agréable et beau, ne fait-
elle pas votre félicité ?

Je n'ai qu'un seul et unique doute. . . .

il me semble même que c'est plus qu'un
doute ; .... mais je crains de vous chagri-
ner, en vous le disant ... cela mèneroit à
des éclaircissemens, et mon but est man-
qué, si je vous ennuye .... vous avez à
faire, à ce que je puis voir ... c'est sans
doute une visite à la belle *Philænion* ou à
la jeune épouse du vieux *Strepsiade* ? ...
Que je ne vous arrête pas : je me tiendrai
ici à l'ombre ; j'y veux rêver à quelque
chose jusqu'à votre retour.

CHAPITRE VII.

JE viens de me surprendre dans une faute
bien honteuse. O, fils d'*Icetas* ! combien il
s'en faut encore que tu sois aussi sage que
tu parois extravagant ! Prendre de l'humeur, parce qu'un homme, qui croit te
faire honneur, qui n'est pas obligé de savoir que tu veux rêver, trouble tes rêveries ! fi ! quelle honte ! n'aurois-tu pas
été contraint de faire la même chose d'une
araignée, d'une mouche, du moindre insecte ? ... Attendez ; que je vous raconte
toute cette affaire-là.

« Tu ne fais rien, *Diogène* ? » me dit-il.
Cela m'arrive souvent.

« Que

« Que je m'asseye donc auprès de toi. «
Si tu n'as rien de mieux à faire.

« Rien au monde. Il est vrai que je de-
» vrois être à la place publique. On juge
» l'affaire de ce pauvre *Lamon*. Son père
» étoit ami de ma famille. Je pense que
» pour cette fois, il n'échappera pas sans
» peine à ses ennemis. Je le plains. J'étois
» résolu hier à parler pour lui. Mais au-
» jourd'hui je ne m'y trouve nullement
» disposé. »

Nullement disposé! et le père de *Lamon*
étoit ami de ta famille?... et le pauvre
Lamon est en danger?...

« Comme je vous disois; ma tête aujour-
» d'hui n'est bonne à rien. Hier je soupai
» chez *Clinias*. Nous passâmes toute la nuit
» à table. Du vin des Dieux ! des Danseu-
» ses, des Mimes, des Philosophes, qui
» se chamaillèrent, puis s'enivrèrent, puis
» s'adressèrent aux Danseuses... Enfin la
» fête fut complette. »

Tout cela est fort agréable, si vous voulez : mais le pauvre *Lamon*?...

« Je n'y saurois que faire. Je vous l'ai
» dit. Il me fait de la peine ; c'est un hon-
» nête-homme. Il a une femme vertueuse,
» une femme très-vertueuse. »

Et belle, sans doute?

Diogène.   C

« Elle vint hier me recommander l'affaire
» de son mari. Deux enfans, dont l'aîné à
» peine a cinq ans, l'accompagnoient :
» d'aimables petites créatures- ! sa parure
» n'étoit pas recherchée; mais je fus frappé
» de sa figure et de son air. Elle se jetta
» à mes pieds : elle parla avec chaleur pour
» son mari. *Il est impossible qu'il soit cou-*
» *pable*, me dit-elle : *c'est le plus honnête-*
» *homme, le père le plus tendre, l'ami le plus*
» *sûr. Il n'a pu rien faire de malhonnête à*
» *desscin. Aidez-nous; vous le pouvez....*
» J'opposai des difficultés : elle les détrui-
» sit. Je lui parlai du grand nombre et du
» pouvoir des ennemis de *Lamon.* Hélas !
» dit-elle, *ils le haïssent uniquement, parce*
» *qu'il a plus de mérite que de fortune.* Je fis
» un mouvement de compassion. Elle pleu-
» ra, et quand les deux jolis enfans virent
» leur mère verser des larmes et parler d'un
» ton ému, ils embrassèrent ses genoux
» de leurs petits bras et lui demandèrent
» en tremblant : *Ce Monsieur ne nous ren-*
» *dra-t-il pas notre père ?* La scène étoit
» touchante, je te jure. J'aurois donné
» cinquante mines (*) pour avoir un bon

(*) Soixante MINES faisoient un TALENT AT-
TIQUE, et celui-ci est évalué communément à
mille écus.

« peintre , qui m'en eût fait un tableau
» d'après nature. »

Quoi ! dans un pareil moment cette idée
a pu te venir ?

« Je t'assure que c'en eût bien été la
» peine. Jamais je ne vis la beauté sous
» une forme plus touchante ; son sein se
» soulevoit avec tant de vivacité sous le
» voile qui le couvroit, que je croyois le
» toucher. Cette Sirène séduisante étoit
» toute ame et toute graces. Madame, lui
» dis-je, j'éprouverai tous les moyens. Que
» ne feroit-on pas pour une femme comme
» vous ?.... Je dois souper chez *Clinias*.
» Mais je m'échapperai avant minuit. Re-
» venez alors. Mon valet-de-chambre vous
» conduira dans mon cabinet, et nous son-
» gerons aux moyens de sauver votre ma-
» ri. Ils dépendront sur - tout de vous ...
» Devinerois-tu, *Diogène*, ce que fit l'ex-
» travagante ? Avant même que j'eusse fini
» de parler, elle se releva avec une colère,
» qui l'embellit encore, et un regard mé-
» prisant fut toute sa réponse. Je fis signe
» à mon valet-de-chambre et je la laissai.
» Je connois le drôle : je suis sûr qu'il lui
» a dit tout ce qu'on pouvoit dire ; mais elle
» ne voulut pas l'écouter. *Venez, mes en-*
» *fans*, dit-elle, sans l'honorer d'un regard,

C 2

» et en pressant les innocentes créatures
» contre son sein : *Le ciel aura pitié de nous...*
» *et s'il nous abandonne, nous saurons mourir.*
». Tu vois bien que j'ai eu raison de dire
» qu'elle étoit très vertueuse.»

Et, comme je vois , trop vertueuse pour
le salut du pauvre *Lamon....* O *Chéréa,*
Chéréa! est-il possible ?

» Tu es en train de moraliser, *Diogène.*
» Adieu ; je suis d'une pesanteur affreuse,
» il faut que je me dissipe. Veux-tu m'ac-
» compagner chez *Tryallis*? mon peintre
» la prend pour modèle d'une *Venus Calli-*
» *pygos.* Le tableau sera divin. »

Je vous suis obligé : l'infortuné *Lamon,*
sa femme belle et vertueuse, ses aimables
enfans, tout cela m'occupe tellement, que
je ne saurois être bon à rien. Je critique-
rois tous les coups de pinceau de votre
peintre, fit-il des prodiges. Allez, *Chéréa.*
Laissez - moi à mes réflexions solitaires...
Non, je ne réfléchirai point. Je devien-
drois fou , si dans ce moment, je don-
nois accès aux idées qui m'assiègent.

Or vous saurez, que ce *Chéréa* est un
des illustres heureux de *Corinthe.*

CHAPITRE VIII.

COMME le chant de cette fauvette est doux ! Je viens de me désaltérer à la source voisine. Je vais me reposer à l'ombre de ce buisson, près de ma petite chanteuse sauvage, et je m'abandonnerai au plaisir, que la nature sème sur les sentiers épineux de la vie..... Le malheureux *Lamon* !..... veux-je aller ? essayer ?..... oui, j'irai.... mais à quoi lui servira ma bonne volonté ? Je n'ai ni crédit, ni autorité, ni parti..... personne ne se soucie de m'obliger. Je suis étranger ; l'affaire de *Lamon* concerne sa place, la République. On ne me permettra pas même de parler.... Cependant je pourrai lui servir au moins d'Avocat..... Mais nous ne nous connoissons pas....! Eh qu'importe? j'irai..... une femme si belle n'aura pas inutilement baigné de larmes les pieds d'un *Chéréa* !

CHAPITRE IX.

JE ne savois encore rien de positif de l'affaire de *Lamon*, quand j'abandonnai

C 3

ma fauvette pour aller à la place. Chemin
faisant, je rencontrai un de ses juges, qui
m'apprit de quoi il s'agissoit. Une troupe
de coquins, gagés par un autre, qui avoit
des vues sur la place de *Lamon* : voilà
tout ! Ils l'accusoient d'avoir malversé dans
le maniement des deniers publics. On ne
pouvoit lui reprocher aucune prévarica-
tion directe. Mais il avoit donné de l'argent à un faussaire, qui lui montroit un
plein-pouvoir des Archontes, et qui prétendoit avoir besoin de cet argent pour
le service de la République. Des amis de
Lamon lui avoient garanti la probité de
ce fourbe : il les en avoit crus ; il avoit
été trompé. Tel étoit son crime. Mais il
falloit voir, quel monstre ses délateurs
en faisoient. *Lamon* leur répondoit avec
l'effroi d'un honnête-homme, qui avoit
son sort entre les mains de ses ennemis,
et qui n'ignore point que sa sentence est
prononcée, avant qu'on ait entendu sa
défense. Il parla peu. *Lamon*, lui dis-je,
souffrez que je parle pour vous ; et je
commençai. Ils voulurent faire du bruit ;
mes poumons me servirent. Je parvins à
les faire taire, en criant plus haut qu'eux,
et je poursuivis. Je parlai avec toute la
chaleur, que l'idée de la belle femme et

de ses deux aimables enfans m'avoit ins-
pirée. Je n'épargnai pas les ennemis de
Lamon.... et je tâchai de corrompre les
juges, en louant leur piété, leur humanité, leur impartialité, leur horreur pour
l'oppression. Un tiers de ces gens *avoit*
encore un front capable de rougir. Cela m'a-
nima ; je redoublai mes éloges ; j'implo-
rai leur justice et leur vertu. *J'en fis rougir*
encore un autre tiers. Pour le coup le procès
étoit gagné. Je complettai mon triomphe
par le portrait de la belle femme et de ses
petits enfans. Je les fis prosterner aux
pieds des Juges, pour intercéder en faveur de leur malheureux père, et *Lamon*
fut absous. Je m'échappai au milieu du tumulte et me voilà.

Quelle soirée délicieuse ! Que la nature
est douce et riante ! Je suis content de
moi-même. J'ai obéi à la voix de l'humanité. J'ai ramené la joye dans les beaux
yeux d'une femme vertueuse, dans les
cœurs innocens de ses enfans. Que leurs
embrassemens doivent être doux ! J'en
jouis sans les voir. Et qui est donc dans
ce moment véritablement heureux ?.....
Chéréa, Clinias, Midas, Sardanapale, Cré-
sus,.... ou moi ?

CHAPITRE X.

Souffrez que je m'abandonne, encore un moment, aux sentimens qui font mon bonheur, et relisez ou parcourez en attendant les trois articles précédens, tout comme il vous plaira.

Comme ces lieux sont pittoresques! Ce bosquet de roses, qui viennent d'éclore, comme il me couronne agréablement! Qu'elle est pure, cette source, qui près de moi s'échappe à travers ces petits cailloux! Comme ce gazon est uni! Que la verdure en est fraîche! Comme cette herbe naissante est déjà épaisse! En vérité, je me reprocherois d'être venu à dessein dans un endroit aussi voluptueux.

"Quelle magie dans la simple nature! Elle donne de l'enthousiasme, même à *Diogène*, si peu fait pour en avoir. Je vois, oui, je vois les Graces. Couronnées de fleurs, ces sœurs immortelles, dans leurs danses légères, foulent à peine le tendre gazon. De petits Amours, cachés derrière le bosquet, forment secretement une guirlande de roses. Ils se font des signes en souriant, tout est prêt et les voilà qui partent de leur embuscade. Ils envi-

sonnent, d'une chaîne de fleurs, les danseuses, et les tiennent captives. Quel tableau charmant!

Ah! si vous pouviez le voir, tel que me
le représente mon imagination! Elle a un
pinceau vif et brûlant. Soyez-en persua-
dées, mes belles dames, malgré ma prétendue insensibilité pour vos attraits. On
m'en accuse, parce que j'ai peut-être pris
plus de peine qu'un autre, pour pouvoir
me passer de vous. Ce n'est pas cependant, que je me flatte d'y avoir réussi. Une
Dryade, qui sortiroit à l'instant de ce
bosquet, viendroit fort à propos pour en
faire l'essai.....

Mais pour revenir à mes Graces, vous
croyez peut-être que je suis moi-même
l'inventeur de ce tableau, et cela vous surprend. Que votre étonnement cesse. Je
dédaigne de me faire valoir plus que je
ne vaux en effet.... ceci n'est qu'une simple copie.... C'est *Chéréa* qui en a l'origi-
nal. Il est de la main d'*Apelle*, que vous
nommez le peintre des Graces et qui lui-
même a eu l'assurance de prendre ce nom,
parce qu'il a senti qu'il le méritoit. J'é-
tois présent à l'acquisition. « Il est divin,
» s'écria *Chéréa* transposté. Je l'aurai. Je
» ne le céderois pas à un Roi. Tu con-

» nois, *Diogène*, ce petit bois de myrthe,
» qui termine mon jardin, et ce cabinet
» solitaire, où je me retire quelquefois
» après dîner ? C'est là que j'aurai ces
» Graces devant les yeux, pendant que je
» reposerai. »

Chéréa paya ce tableau quatre talens
Attiques.

Quatre talens Attiques, m'écriai-je,
pour trois filles en déshabillé, et trois ou
quatre petits drôles tout nuds, sur un morceau de toile !

« Mais vois, *Diogène* ; vois qu'elles sont
» belles ! Quel beau idéal ! Que de gra-
» ces ! Chacune a les attraits qui doivent
» la caractériser. Chacune est belle de sa
» propre beauté, et cependant par la ma-
» gie des reflets elles s'embellissent réci-
» proquement. »

Il est vrai, *Chéréa* ; mais vous autres
opulens, vous avez tort de porter à un
prix aussi excessif les ouvrages de ces Artistes. Dix mines auroient bien suffi. Le
peintre ne doit-il pas compter aussi pour
quelque chose le plaisir de produire un
si bel ouvrage? *Quatre talens, Chéréa!* pour
un plaisir des yeux, qui dans quelques
semaines se sera évanoui pour toi. Que
d'heureux tu aurois pu faire avec cette
somme !

CHAPÎTRE XI.

Peu de tems, après j'allai dans une terre considérable, que ce *Chéréa* possède
vers la mer de Corinthe. J'y trouvai un
de ses fermiers; c'étoit un honnête vieillard en cheveux blancs : il étoit assis devant sa porte et avoit un air de tristesse.
Il s'essuya les yeux, dès qu'il m'apperçut.
Je le priai de me laisser asseoir près de
lui et je lui demandai la cause de son
chagrin. « Ah ! me dit-il, étranger ! Ah !
» j'ai perdu ma fille. Un enfant de qua-
» torze ans, la meillenre et la plus aima-
» ble fille qui fut jamais. Tous les jeunes
» gens des environs la comparoient à une
» Dryade; quand, aux jours de fête, elle
» dansoit en rond avec ses compagnes. Je
» faisois mon plaisir de la voir danser.
» Telle fut autrefois sa mère. C'étoit une
» si bonne fille! menagère, laborieuse,
» élevée par la meilleure des mères. Ah
» qu'elle est heureuse de n'avoir pas vécu
» jusqu'à ce jour funeste ! Des Corsaires
» ont enlevé ma fille, tandis qu'elle ra-
» massoit des coquillages sur le bord de
» la mer, pour en orner une petite grotte
» de notre jardin, où j'ai coûtume de re-
» poser pendant la chaleur du jour. »

Je reconnus le père au feu de ce tableau. Mais sa fille auroit été dix fois moins aimable qu'il ne la dépeignoit, que je n'en aurois pas été moins touché de sa douleur... Pauvre père ! m'écriai-je en essuyant mes larmes : n'y avoit-il donc aucun moyen de ravoir votre fille ? n'étoit-il pas possible de la racheter ?

« Ah ! répliqua-t-il en gémissant, que
» n'ai-je pas tenté ? Ils demandoient deux
» talens. *La fille est jolie*, disoient-ils :
» *Un Satrape d'un grand Roi nous en payera*
» *davantage*. Je n'aurois pu leur apporter
» seulement la moitié de cette somme. Le
» desir violent de ravoir mon enfant me
» fit perdre la raison. Dans le trouble où
» j'étois, je courus vers mon Maître à *Co-*
» *rinthe*. Il est si riche, me disois-je, tes
» larmes, tes cheveux blancs l'attendri-
» ront. Lui, qui dépense si aisément deux
» talens pour des plaisirs passagers, peut-
» être l'engageras-tu à en faire autant pour
» le plaisir durable, de rendre à un mal-
» heureux père son enfant, l'unique bon-
» heur de sa vieillesse... Je me jettai à
» ses pieds, mais en vain. Je devois, me
» dit-il, mieux veiller sur ma fille. Il me
» déchira le cœur par ces paroles et par
» l'air d'indifférence dont il les prononça.
» Je

» Je ne saurois y penser. » Le vieillard pleuroit tout en parlant, et quant à moi, peu s'en fallut que je ne devinsse furieux comme *Ajax Oïlée*. Je m'emportai, et je maudis le premier qui s'avisa de peindre, tous les peintres ses successeurs et tous leurs adhérens, jusqu'aux broyeurs.

Quand je fus seul et que mes sens furent plus calmes, ma colère contre les riches se convertit en pitié. Je déplorai leur sort, en considérant que les causes même, qui devoient faire leur bonheur, les rendoient insensibles au plaisir des Dieux même, à celui de faire des heureux. Les pauvres gens ! ils ont tant de besoins ! Leurs sens, leurs fantaisies, leurs passions, leurs caprices, leurs aises, leur frivolité, ont tant de droits sur eux, qu'il ne leur reste rien à donner aux droits de l'humanité.

Je vous passerois bien volontiers vos palais, vos jardins, vos tableaux, vos statues, votre or, votre argent, votre yvoire, vos repas, vos concerts, vos comédies, vos danseuses, vos singes et vos perroquets, si je pouvois m'empêcher de songer que tant de malheureux n'ont pas de quoi se garantir des injures du tems et des rigueurs des saisons, parce que vous habitez des palais de marbre ; qu'ils n'ont pas

Diogène   D

de quoi couvrir leur nudité, parce que la
magnificence éclate dans les habits de vos
esclaves; qu'ils n'ont pas de quoi se rassasier, parce que vous absorbez dans un
seul repas ce qui devroit servir à en faire
subsister des milliers pendant une semaine
entière. Il m'est odieux de m'arrêter plus
long-tems sur cette idée. Je crains de parler à des sourds. Mais que ne tenterois-je
pas, si, parmi cent d'entre vous, j'avois l'espérance d'inspirer de l'humanité à un seul?

CHAPITRE XII.

JE vous prie, *Chéréa*, vous et tous vos
semblables, de ne pas me dire que, par
l'usage que vous faites de vos richesses,
vous excitez l'industrie, vous entretenez
les arts, le commerce, vous procurez la cir-
culation des signes de la richesse; avantages, dites-vous, qui vivifient un Etat.
« Des milliers d'hommes, ajoutez - vous,
» subsistent, parce que nous bâtissons,
» parce que nous avons des jardins, parce
» que nous entretenons une maison, et
» parce qu'il y a une infinité de choses
» inutiles, dont nous ne pouvons nous
» passer...» D'accord, mais si vous pré-
tendez vous faire un mérite de cela, le

ver - à - soye dans son cocon , la pourpre au fond de sa coquille , peuvent, avec autant de droit , prétendre qu'ils sont les créatures les plus bienfaisantes de l'univers. En effet , plusieurs millions d'hommes vivent de l'ouvrage que ces petits animaux leur procurent.

Vous faites servir vos richesses à récompenser ceux qui travaillent pour votre paresse, votre orgueil, vos plaisirs : rien n'est plus juste. Cependant , mon cher *Chéréa*, il y a des gens qui ne peuvent contribuer en rien à ce qui flatte tes sens ou tes caprices , et qui n'en ont pas moins de droits à ton superflu. Le malheureux, qui fuit sa couche arrosée de ses larmes, et à qui tu pourrois rendre le repos à si peu de frais ; l'innocente beauté qui sert de modèle aux miniatures libertines de *Parrhasius* et à qui tu pourrois épargner cette ignominie et un abus encore plus honteux de ses charmes, pour la moitié de ce qu'un de ces petits tableaux te coûte ; l'orphelin délaissé à qui l'indigence et le mépris abattent l'ame et dont tes secours pourroient former un citoyen utile à l'Etat , peut - être un grand homme, un *Socrate*, un *Phocion*; tous ces êtres, *Chéréa*, n'ont-ils aucun droit à ton superflu ?

Vous autres enfans de l'infortune, vous
calculez admirablement bien. Calculez
donc, je vous prie, combien de milliers
de créatures de votre espèce doivent manquer du nécessaire, pour qu'un de vous
parvienne à dépenser annuellement quarante ou cinquante talens. Ne devriez-
vous pas faire tout le bien qui dépend de
vous, ne fût-ce que pour prévenir la haine
que le spectacle de vos plaisirs et de vos
dissipations doit inspirer à la plupart de
vos concitoyens, à ces infortunés livrés
aux plus rudes travaux, et qui cependant
ont peine à procurer à leurs enfans autant
de pain que vous en faites mettre, tous
les jours, dans la soupe de vos chiens?...
réfléchissez, de grace, un moment là-
dessus.

CHAPITRE XII.

Vous ne croyez donc pas qu'il y a de
belles ames comme il y a de belles figures,
des ames qui ne doivent rien à l'art et qui
n'en sont que plus belles?

Un jour un Sophiste démontroit qu'il
n'y a point de mouvement dans l'univers.
Pour toute replique, je me mis à marcher
devant cet insensé... Vous prouverai-je

de la même manière qu'il y a des ames naturellement belles? Peut-être vous donnerai-je lieu de porter un jugement hazardé. Cependant, croyez-en ce qu'il vous plaira. L'opinion que nous aurons l'un de l'autre, ne nous rendra pas plus mauvais que nous ne sommes. Et d'ailleurs, je déclare ici que je ne raconte cette anecdote qu'à la belle *Psyché* et à celles qui lui ressemblent. Je n'empêche personne d'écouter; mais je proteste que je ne voudrois rien ajouter à mon récit, ni en retrancher un seul mot, eussai-je pour auditeurs tous les membres du tribunal des *Amphictyons*.

Vous savez, ou vous ne savez pas, qu'autrefois je passai quelque tems à *Athènes*, pour apprendre de *Platon* à parler et d'*Antisthène* à vivre. Il m'arriva une fois, au déclin du jour, de me promener, absolument seul, sous le vestibule du *Céramique*. Il y faisoit déjà obscur: cependant les appartemens très-bien éclairés d'une maison voisine réfléchissoient leur clarté dans quelques endroits de ce Portique.

A l'aide de cette foible lueur, je vis s'approcher de moi un objet qui m'avoit tout l'air d'être une femme. Quand elle fut plus près, je vis une jeune fille de

D 3.

seize ans, d'une figure charmante. Elle
étoit si légérement vêtue, qu'on voyoit
une partie de sa jambe et une gorge comme celle d'*Hébé*; de grands cheveux blonds
floitoient en liberté sur ses épaules.

Son approche me fit éprouver quelque
trouble; mais ce n'étoit encore rien. Avec
l'expression de la douleur, elle étendit
vers moi ses bras nuds, dont la blancheur
éclatoit dans l'obscurité, et elle tomba
sans forces entre les miens; mon trouble
devint excessif.

Cependant je me déterminai assez promptement. Je la transportai directement dans
une petite loge, que j'avois louée dans le
Céramique. Elle se laissa porter sans résistance et sans dire une parole. Elle paroissoit affoiblie et accablée par la douleur.
Je la posai sur une espèce de lit de repos,
qui, soit dit en passant, n'étoit guères
propre à faire naître des idées de volupté.
J'allumai ma lampe et je considèrai la ren-
contre que j'avois faite, avec toute l'attention qu'elle paroissoit mériter.

Je ne puis définir ce que la jeune personne m'inspira; mais j'en devins plus
tendre que je n'ai coûtume de l'être. C'é-
toit un mélange délicieux de compassion
et d'intérêt... Pour jouir sans trouble de

ce sentiment, je lui donnai, sous prétexte de la fraîcheur, une espèce de manteau qui pût couvrir sa gorge et ses jambes. Elle parut m'envisager avec une sorte d'étonnement. Elle essaya de parler, mais un torrent de larmes étouffa sa voix. Je la pris entre mes bras; je lui donnai un baiser. Je l'invitai, aussi doucement que je pus, à se fier à moi; elle parut vouloir s'échapper de mes bras, mais ses efforts furent si foibles, qu'un autre auroit pu les prendre pour un encouragement. J'eus une toute autre idée... Je crus voir dans ses yeux presqu'éteints *les caractères d'une belle ame.*

Je pouvois m'être trompé; car pour dire la vérité, les circonstances... son beau sein et ce que le bon-homme d'*Homère* auroit appellé des bras de roses et des pieds d'argent, agissoient puissamment sur mon imagination. Cependant, plein de confiance, je m'abandonnai à toute ma sensibilité et vous verrez si elle m'égara.

La jeune personne me parut avoir besoin de quelques rafraîchissemens; car elle étoit dans le plus grand épuisement. Je me hâtai donc... Mais, de grace, excusez-moi. J'oublie que ce n'est pas pour moi que je trace cette esquisse d'un ori-

ginal, dont je me rappelle avec transport
jusqu'aux moindres traits.

Après avoir mangé quelque chose et
goûté un peu de vin, elle revint à elle,
de façon à pouvoir me raconter son histoire. Elle commença, les yeux baissés.
Mais, par malheur, je ne puis vous re-
tracer dans ce récit les graces de son expression, de sa voix, et de toute sa personne.

CHAPITRE XIV.

« LA belle *Laïs* est ma mère. Je fus
» élevée près d'elle, et je vécus dans cette
» heureuse ignorance de moi-même, qui
» est le partage de l'enfance, jusqu'au mo-
» ment où je perdis celui qui avoit eu la
» générosité de se déclarer mon père. C'é-
» toit un Sicilien, et l'on m'a dit qu'il étoit
» riche et d'une naissance illustre. J'avois
» tout au plus sept ans lorsqu'il mourut.
» Insensiblement la tendresse que ma mère
» avoit eue pour moi, se refroidit. De
» nouveaux adorateurs effacèrent l'image
» de celui qui n'étoit plus; et enfin son
» cœur cessa tout-à-fait de lui parler en
» faveur de la malheureuse *Laïdion*. Ce
» changement m'affligea; mais il me fallut

» dévorer en secret mes larmes. Il eût suffi
» d'en laisser voir la trace dans mes yeux,
» pour attirer sur moi un orage violent. Du
» reste, ma mère me traita comme toutes
» les jeunes filles qui la servoient. Nous
» eûmes des maîtres de chant, de danse et
» de luth. »

Tu pinces le luth? aimable enfant, m'é-
criai-je, tu chantes? Voici un luth... Je te
conjure... Elle eut la complaisance d'in-
terrompre son récit. Elle me chanta la
chanson la plus tendre d'*Anacréon*. Je vous
laisse imaginer laquelle... Elle s'accompa-
gna, en pinçant le luth de ses doigts délicats, dont chacun paroissoit avoir une ame.

O sagesse! O *Antisthène* ! où étiez-vous
alors? Vous n'existiez plus pour moi dans
l'univers... Je tâchai de retrouver mon ame
sur les lèvres de la belle musicienne. Son
visage se couvrit d'une aimable rougeur,
et elle me dit en souriant : « laissez - moi
» continuer mon récit. »

CHAPITRE XV.

SA rougeur me rendit tout - à - coup à
moi - même, et, par une suite naturelle,
je rougis au moins autant qu'elle - même.
Elle continua. « J'avois quatorze ans, lors,

» que la belle *Laïs* me remit à un jeune
» Athénien, qui m'aimoit, disoit-il, pro-
» digieusement. Lorsqu'il m'emmena, je
» reçus ordre de la belle *Laïs* de le regar-
» der comme mon maître. Mon nouveau
» maître donc déguisa son autorité sous
» les plus tendres caresses. Mes jours s'é-
» couloient dans des jouissances variées,
» sans interruption. Contente de mon état
» présent, je ne songeois nullement à l'a-
» venir. *Glycon* eut lieu de s'applaudir de
» ma soumission. Mais si l'amour est ce
» sentiment qui brûle dans les vers de *Sa-*
» *pho*, mon cœur est incapable de l'éprou-
» ver. *Glycon* m'en auroit inspiré, si j'en
» avois pu prendre. Souvent j'étois obligée
» de lui chanter l'Ode à *Phaon*, ce morceau,
» où la violence de cette passion est tracée
» en traits de feu; mais toujours il s'im-
» patientoit de ne rien trouver dans mes
» yeux de ce que ma bouche exprimoit. Je
» remarquai enfin que son amour commen-
» çoit à s'attiédir. Jusques-là il avoit été
» passionné. Il devint railleur et gai, et
» pour dire la vérité, je n'en fus que plus
» satisfaite; mais cela même ne dura pas. »

Enfin (car il me paroît, mes amis, que
vous commencez à bâiller) l'amant de cette
aimable enfant lui fut enlevé par la belle
Bacchis. Ainsi finit le Roman.

Elle narroit très agréablement, comme
je vous l'ai dit , et la naïveté de la jeunesse, ses regards , sa voix, et ce ... tout ce
qu'il vous plaira , que je sentis très-vive-
ment, mais que je ne saurois décrire , rendoient son histoire plus intéressante qu'elle n'étoit en elle-même : car, dans le fond,
Messieurs, vous avez raison; c'étoit, graces
à vos soins, une anecdote fort ordinaire.

Dans la chaleur de la narration, le manteau dont je l'avois enveloppée s'entr'ou-
vroit de tems en tems, et vous comprenez
que cette bagatelle, dans certaines circonstances, n'est point du tout une bagatelle.
Je l'eusse écoutée toute la nuit. Je ne puis
raisonnablement en exiger autant de vous.
Je vous rends donc justice, ainsi qu'à moi,
et je souhaite, en passant, que tous les con-
teurs, poëtes , historiens , aient la bonté de
tirer parti de ceci pour leur instruction.

CHAPITRE XVI.

LA jeune *Laïs* continua , et me fit comprendre par quelle suite d'événemens elle
étoit venue, cette même nuit, se jetter
entre mes bras, sous les galeries du *Céramique*, dans un équipage aussi suspect. Je
pourrois, je crois, laisser à la force de vo-

tre imagination le soin de remplir cette
lacune... Figurez-vous, par exemple, que,
pour plaire à sa nouvelle Syrène, *Glycon*
vendit *Laïdion* à un de ses amis; celui-ci,
parce qu'il en fut mal accueilli, à un sculpteur, et le sculpteur, après s'en être servi
pour modèle, à un marchand d'esclaves;
qu'enfin, comme ce dernier vouloit encore
la troquer, avec un vieux marin d'Éphèse,
contre quelques marchandises du Levant,
elle s'étoit évadée la nuit précédente; que,
pendant le jour, elle s'étoit tenue cachée
parmi les ruines d'un vieil édifice démoli;
imaginez cela, ou quelque chose d'approchant, et vous aurez rencontré à-peu-près
la vérité.

Quoi qu'il en soit, elle se trouvoit dès
ce moment sous ma protection, et je crus
être obligé de défendre de mon mieux ses
intérêts. Je n'étois guères plus riche alors
qu'aujourd'hui. Prendre part à ses peines,
la conseiller, voilà tous les services que je
pouvois lui rendre.

Si jamais ceci passe aux générations futures, peut - être dans plusieurs siècles
quelques jeunes personnes s'en serviront
utilement, soit qu'elles se trouvent dans
une position analogue, soit qu'incertaines
de l'emploi qu'elles feront de leur cœur,
elles

elles éprouvent les embarras trop ordinaires à leur sexe et à leur âge. Dans cette
supposition, je vous consacre le morceau
suivant, à vous qui devez être la portion
la plus belle et la plus sensible de la postérité, et je vous prie de garder pour vous
seules la philosophie que vous y trouverez,
et de n'en rien laisser entrevoir à vos ma-
mans, bien moins encore à vos amis.

CHAPITRE XVII.

Tout ce que tu as éprouvé, dis-je à la
jeune personne, fut une suite du malheur
d'avoir eu la belle *Laïs* pour mère. Tâche
d'en perdre le souvenir, ou, du moins,
rappelle-toi seulement ce qui peut désormais être avantageux pour toi, par l'expérience du passé. Occupe-toi sur-tout de
l'avenir. Le succès dépendra principale-
ment de toi. Une si charmante créature,
ajoutai-je, sans pouvoir m'empêcher de la
baiser au front, mérite assurément un autre sort que celui d'être le jouet d'un *Glycon* ou de servir de modèle à un *Calamis*.
Aimable enfant, la Nature a fait beaucoup
pour toi ; la Fortune rien. Mais, capri-
cieuse comme elle est, elle réparera peut-
être par un événement imprévû ses injus-

Diogène. E

tices passées. « Je l'espère, puisqu'elle a
» commencé par me faire tomber entre tes
» mains, me repliqua-t-elle. » Cela ne
méritoit-il pas un nouveau baiser?

Ton sort à l'avenir, continuai-je, dépendra de l'usage que tu feras de tes qualités
naturelles, et des événemens que t'offrira
la fortune. Comme il y a des noms de
mauvais augure, commençons par changer
le tien. Que celui de *Glycerion* remplace
celui de *Laïdion*. Je veux que *Glycerion*
soit connue d'un de mes amis. Pour un
peu de reconnoissance, que tu lui témoi-
gneras, il sera peut-être assez généreux
pour te conduire à Milet, sous l'inspection
de quelque vieille affranchie. Là, tu seras
pourvue de tout ce que la décence exige,
et tu attireras bientôt l'attention par une
vie paisible et retirée. Il y a une manière
de se cacher pour se faire mieux voir.
Bientôt les amans viendront par essaims
autour de ta retraite, aussi nombreux que
les abeilles autour d'un buisson de roses.

Tout ce qu'ils peuvent desirer, si tu
veux y faire attention, chère enfant, c'est
de t'avoir au meilleur marché qu'ils pourront. Mais ton but doit être de te vendre
le plus cher qu'il te sera possible. Peut-
être ton cœur lui-même y formera le plus

grand obstacle. Que je le plains, s'il se laisse toucher mal-à-propos, ou en faveur d'un objet qui ne sera digne de charmer que tes regards! Une belle peut accorder mille choses, qui sont sans conséquence: mais elle doit toujours rester maîtresse de son cœur. Tant que tu conserveras ce *Palladium*, tu resteras invincible. Tâche de bien accueillir tous tes amans, sans en favoriser un seul exclusivement; divise à l'infini les graces que tu peux faire sans inconvénient pour toi. Qu'un simple coup d'œil soit déjà une grande faveur. Mais si la chose est possible (elle doit l'être à une jolie femme), remplis les intervalles, qu'il y a entre des regards indifférens, encourageans ou tendres, d'une foule de gradations, qui joignent par une nuance insensible une faveur à l'autre. Mais évite avec soin de laisser percer tes desseins à travers ce badinage. Autant vaudroit les avertir d'être sur leurs gardes. Il n'y auroit pas moins de risque, à donner lieu de présumer, que ton cœur ne peut se laisser toucher. Laisse à quiconque t'en paroîtra digne, un rayon d'espérance. Mais demeure toujours libre de favoriser particulièrement celui qui sera assez foible et assez tendre pour te rendre seule

maîtresse de lui et de sa félicité.... bien
entendu aussi, qu'après un scrupuleux
examen de toutes les circonstances, tu
trouveras cet heureux mortel digne du sa-
crifice que tu lui feras de toi et de ta
liberté. Si tu vois que tes charmes pro-
duisent sur lui tout leur effet, laisse-lui
deviner, quoiqu'avec les mesures convenables, que tu peux devenir sensible ;
mais ne m'as-tu pas dit que la chose étoit
impossible ?

Elle rougit et balbutia qu'elle l'avoit
cru..... Et moi non, dit le fils d'*Icetas*
en plongeant dans ses yeux d'un air moitié tendre, moitié malin ... et en même
tems son genou toucha par hazard celui
de *Glycerion* ; il le sentit trembler. » Pour-
» quoi ne poursuis-tu pas, me dit elle ?»...
Je dois savoir auparavant si tu es susceptible de tendresse ... « et quand tu le sau-
» rois ?»... Alors il faudroit m'apprendre
jusqu'à quel point.

Son manteau, pendant qu'elle le rame-
noit sur ses genoux, s'étoit entr'ouvert
par en haut. Une douce émotion troubla
l'éclat de ses yeux... Le fils d'*Icetas* avoit
alors vingt-cinq ans.

Il devoit suspendre sa curiosité...n'en
avoit-il pas assez de motifs ?

CHAPITRE XVIII.

O! *Glycerion*, que ne suis-je maître de l'univers! ou que ne suis-je au moins possesseur d'une petite métairie assez grande pour toi et pour moi, qui ait un jardin et un petit champ pour nous nourrir, et un berceau pour dérober notre félicité aux regards de l'envie!

Qu'il est foible notre cœur, mes chers amis! Et cependant, quelque foible qu'il soit, il est la source de nos plus grands plaisirs, le siège de nos meilleurs penchans, le mobile de nos meilleures actions.

Je ne puis m'empêcher de plaindre ou de mépriser celui qui ne comprend pas ceci, ou ne veut pas le comprendre. Cependant, si les femmes veulent m'en croire, qu'elles n'assurent jamais, d'après une prétendue expérience, qu'elles sont incapables de devenir sensibles jusqu'à un certain point.

Un doux sommeil suspendit les instructions de l'ami, et le goût de son élève pour ses leçons.

CHAPITRE XIX.

Trop foible disciple du sage *Antisthène*, comment pourras-tu reprendre tes leçons, où tu les as laissées?

Chère *Glycerion*, lui dis-je enfin, quel que soit l'amour que j'ai pour toi, je dois cependant, si je ne veux pas que cet amour produise les effets de la haine.... Je dois achever.... Ah! *Glycerion*, demain nous ne nous verrons plus! « Nous ne nous ver- » rons plus! Et pourquoi? » Parce que, désormais, ma présence seroit un obsta- cle à ton bonheur..... « Quel bonheur! » parles-tu sérieusement? peux-tu songer » à notre séparation? »..... Je le dois... les circonstances.... «Quoi! je pourrois » nuire à ton bonheur, *Diogène?* »... Non, *Glycerion*, le sort et moi n'avons plus rien à démêler ensemble. C'est à ton bonheur que je ferois obstacle.... « Si ce sont là tes » motifs, écoute-moi, *Diogène*. Je n'as- » pire qu'au bonheur de rester avec toi. » Tu mérites d'avoir une amie, dans les » bras de laquelle tu puisses perdre le » souvenir des injustices de la fortune et » des hommes. Ne pense pas que je te » serai à charge...... Je fais de la toile, » je brode, je file...... » L'excellente créature!

Je résistai long-tems; mais *Glycerion* fut inébranlable. Vous, à qui la nature a donné un cœur sensible, dites à présent, étois-je dans l'erreur, quand je crus appercevoir dans ses yeux *les caractères d'une belle ame ?*

Nous nous jurâmes une éternelle amitié. Nous nous éloignâmes d'Athènes; le monde ne sut rien de nous et nous oubliâmes tout l'univers. Trois années de bonheur.... mes larmes m'empêchent de poursuivre.....

Elle n'est plus, la tendre *Glycerion !* Avec elle je perdis tout ce que je pouvois perdre. Son tombeau est le seul coin de terre au monde que je daigne appeller mien. Il n'est connu que de moi. Je l'ai environné de rosiers, dont les fleurs éclatent comme son sein et répandent la plus délicieuse odeur. Tous les ans, dans les mois des roses, je visite cet endroit sacré. J'avance sur sa tombe. Je cueille une rose et je dis : Tel fut ton éclat. Je l'effeuille et j'en parsème la terre..... Je me rappelle alors le doux songe de ma jeunesse : une larme coule sur son tombeau et console encore son ombre adorée.

CHAPITRE XX.

SI vous n'êtes point émus, ce n'est pas
ma faute : mais je vous pardonne. Vous
n'avez point perdu une *Glycerion* ; ou vous
n'en avez point à perdre, ou vous n'êtes
pas dignes d'en avoir une.... Je sais une
jolie historiette que ma bonne me ra-
contoit dans mon enfance. Elle vous amu-
sera peut-être. Elle est bien à votre service. Mais voici mon ami *Xeniade* ; il
s'empare de mes tablettes.

« Que tu es un excellent mortel, me dit
» *Xeniade*, après avoir lu l'histoire de *Gly-*
» *cerion*! Je ne puis souffrir que les hom-
» mes te voyent sous un faux jour. »....
Et pourquoi me voyent-ils sous un faux
jour ?..... « Pardonne, mon ami ; je t'ho-
» nore au point, que je voudrois me per-
» suader que tu n'as point de défauts. »...
Pourquoi cela, bon *Xeniade* ? ne suis-je
pas homme ? ne puis-je errer, ne puis-je
extravaguer tout comme un autre ?...« Tu
» ne veux pas me comprendre, *Diogène*»...
Je te comprends très-bien ; mais je ne
puis supporter une sorte d'hypocrisie
que je vois règner dans toute la famille
de *Deucalion* et de *Pyrrha*. On parle sans

esse des imperfections, de la foiblesse et
es défauts de la nature humaine; cha-
un convient qu'il a aussi les siens, et
qu'il en a beaucoup; mais donnez à ces
imperfections ou à ces défauts leur véritable nom; parcourez-en la liste, article
par article; interrogez qui vous voudrez;
personne ne s'avonera coupable, pas
même d'un seul. Quelle inconséquence
et comme je la déteste! Je m'éloigne des
règles de l'usage dans beaucoup de points,
indifférens en apparence; et l'on me
donne le nom de *singulier*, et même d'*insensé*, si l'on a moins de politesse. Eh
bien! je le suis. C'est mon lot; quelqu'un en souffre-t'il? Je vois tout Corinthe rempli de folies et de vices, funestes à ceux qui en sont entichés, aux
gens de bien et à la république même.
On laisse ces mauvais sujets tranquilles;
et l'on ne veut pas me passer deux ou
trois bizarreries qui ne préjudicient à
nulle ame vivante!

« Tu m'accorderas cependant qu'un
» homme déjà estimable n'en vaudroit que
» mieux, s'il étoit encore sans défauts ».

Supposons la chose possible, mon cher
Xeniade; ne croyez-vous pas qu'une si
grande perfection seroit le moyen le plus

infaillible de lui attirer la haine universelle ? Malheur à celui qui sera sage au
point de ne ressembler aux autres mortels par aucune foiblesse ! Comment pourroient-ils lui pardonner ses avantages ? Il
faut qu'il rachète le droit d'en jouir sans
trouble, par quelques folies réelles ou pré-
tendues, qui le réconcilient avec l'esprit
universel d'extravagance de ce monde
sublunaire , et qui autorisent les autres
fous à s'égayer à ses dépens. Cependant,
mon cher *Xeniade* , c'est un excès de complaisance de ma part, que de convenir,
que mes singularités soient purement caprices ou folies. Je suis tout prêt, si tu
n'as rien de mieux à faire , à te prouver
le contraire. Dis-moi , de point en point,
ce que me reprochent les Corinthiens , et
je verrai ce que j'y puis répondre.

« Par exemple , ils disent: *Diogène* af-
» fecte par orgueil de se distinguer de
» tout le monde, dans ses habits, sa con-
» duite, ses manières. »

Mais *Diogène* agit dans tout cela con-
séquemment à ses principes. Où donc est
l'affectation ? Et comment les honnêtes
Corinthiens prétendent-ils si hardiment
pénétrer les motifs secrets de sa conduite?
Mais ne discutons pas un article sur le-

quel il est si difficile de se convaincre
réciproquement. Supposé cependant qu'ils
eussent raison, cela signifieroit simplement que leur orgueil, masqué d'une
certaine façon, est choqué de voir que
le mien le soit d'une autre. Mais, franchement, vos riches voluptueux ne fe-
roient-ils pas mieux, pour leur propre
intérêt, d'imiter au moins ma sobriété ?
Nourris des ragoûts agréablement empoi-
sonnés de leurs cuisiniers, combien en
trouvera-t'-on qui se portent aussi bien
que moi ? Et cependant, je ne subsiste
que des productions que la nature m'offre gratuitement de toutes parts. C'est
aux jeux, où l'on couronne dans *Olympie*
le vainqueur, c'est aux combats, dont les
belles sont les juges qu'il faut que l'on
nous éprouve. Mais qui d'entre eux oseroit disputer avec moi de souplesse et de
force, n'eut-il sacrifié que dix ans à *Comus* ? Cette extrême sobriété n'a plus rien
qui me coûte, j'y suis accoutumé. Elle
me procure au contraire des avantages,
auxquels il seroit absurde d'assimiler le
fade plaisir de flatter mon palais. Depuis
que j'ai adopté ce genre de vie, qui vous
paroît si misérable, je suis toujours gai et
dispos. Mon ame est sans nuages; mon

jugement est sain ; mon cœur est sensible ;
toutes mes facultés sont à mon comman-
dement, et mon estomac ne décide point,
si je serai un génie supérieur ou un être
stupide, un homme utile et sociable, ou
un mortel insuportable à moi-même et
aux autres. Les beautés de la nature ont
toujours des attraits pour moi, et je suis
endurci contre ses variations. Je souffre
la chaleur et la froidure ; j'endure la
faim et la soif : je résiste aux vents et
aux orages, autant qu'il est possible à
l'homme. Enfin je suis capable de supporter toutes sortes de fatigues et de
travaux, et le plaisir a pour moi des
pointes d'autant plus piquantes, que je
m'expose plus rarement à leurs atteintes.
Qu'ils se traînent jusqu'ici, qu'ils se me-
surent avec moi, vos Sybarites mollement
éduqués, efféminés, énervés, languissans
et délabrés, dépendans de la saison, que
blesse dans leur couche molle une feuille
de rose pliée en deux ! au reste, mon
cher *Xeniade*, il est bien juste que cela
soit ainsi ; les favoris de la fortune auroient trop d'avantages sur nous autres,
si la Nature ne s'étoit pas chargée de notre dédommagement. A présent, dis toi-
même, devrois-je, par égard pour les
murmures

murmures des Corinthiens, fermer l'o-
reille à la voix de cette bonne mère ?
Vraiment non, *Diogène* s'aime trop pour
cela.

« Tu peux au fond n'avoir pas grand
» tort. Mais que deviendroit la société,
» si chacun vouloit vivre d'après tes prin-
» cipes ? Et la nature elle-même, en mul-
» tipliant dans tout l'univers les objets
» de nos jouissances, en donnant à
» l'homme le génie pour inventer, et l'a-
» dresse pour faire usage de tous ces arts,
» qui n'ont pour objet que d'embellir sa
» vie, ne nous a-t-elle pas appris que ses
» vûes ne sont pas uniquement que nous
» vivions, mais que nous vivions de la
» manière la plus agréable ? »

Cette idée, dont nous avons coûtume
de nous bercer, que tout a été créé pour
nous dans ce monde, n'est peut-être pas
à l'abri de toute objection. *Je puis employer cette chose à tel usage : elle'a donc été
faite pour cela.* Ce raisonnement est d'une
fausseté palpable. En effet, quoiqu'un
verre soit destiné à être un vase à boire,
je puis cependant le faire servir, par
exemple, de pot de fleurs. Je demande
donc toujours, s'il n'y a pas une infinité
de choses dont nous abusons déjà par le

Diogène,   F

simple usage que nous en faisons ? Cela
nous mèneroit à des recherches particulières, dans lesquelles nous ne voulons
point nous jetter en ce moment, et dont
je n'ai pas besoin pour répondre à ton
objection. Mais je le veux : la nature a
destiné à notre usage et à nos plaisirs
tous ses ouvrages et toutes les productions de l'art, dont elle est en quelque
sorte la mère. Nous pouvons donc la com-
parer à cet égard à un homme opulent
qui donneroit un repas splendide, auquel
il inviteroit toute espèce de convives, de
toutes sortes de pays, langues, nations,
de quelques classes, états, sexes ou con-
formation qu'ils fussent. Franchement,
il feroit bien de présenter à tant d'hôtes
divers, toutes sortes de mêts et dans la
plus grande abondance. Imagine actuellement, au milieu de ces convives, un
drôle vigoureux qui, mécontent de ce
qui seroit devant lui, s'empareroit aussi
des plats éloignés, et sans considérer
que tout n'a pas été préparé pour lui seul,
certains mêts réservés aux convives foibles ou malades, voudroit seul tout dévorer, jusqu'à ce que sa réplétion exces-
sive produisît les suites ordinaires de la
gloutonnerie. Que dirois - tu de cet hom-
et qu'il n'a qu'un estomac, ou qu'il y a

...e et comment penses-tu qu'il seroit re-
gardé par le maître du banquet?

« La réponse est toute faite. »

Ainsi que l'application de mon allégo-
rie. Vos riches, qui font contribuer tous
les élémens et tous les climats à l'entre-
tien de leurs tables, sont le convive qui
veut engloutir, s'il peut, tout le banquet
de la nature. Que chacun prenne ce qui
est à portée de sa main, et ne mange
qu'autant qu'il est nécessaire pour appai-
ser sa faim. Nous nous lèverons tous de
la table de la nature, rassasiés et bien
portans. Personne ne se plaindra de cru-
dités et n'incommodera ses voisins des
vapeurs de sa digestion. Voilà tout ce
qui résulteroit d'une manière de vivre
conforme à mes principes. Mais sois tranquille, cher *Xeniade*. Je n'aurai jamais
assez de sectateurs, pour que les usages
actuellement reçus puissent en souffrir.
Supposons même, contre toute vraisem-
blance, que mon exemple eût assez de
force pour entraîner toute une nation,
penses-tu qu'elle en seroit plus malheureuse?.... J'ai bonne envie.... mais qu'est-
ce?.... n'entends-tu pas des cris plaintifs,
qui viennent du rivage?.... Je te reste
redevable de ma République, *Xeniade*....
Je veux voir ce que c'est.   F 2

CHAPITRE XXI.

CE n'étoit rien..... qu'une petite barque, [qui échouoit contre un écueil.....
J'apperçus, entre ceux qui se sauvoient à la nage, une personne qui ne paroissoit pas avoir assez de forces, pour atteindre le rivage. Mon manteau fut aussitôt sur le sable. Je sautai dans l'eau. Décence ou non, il s'agissoit de sauver la vie à une créature humaine..... « C'étoit donc une « femme..... » Quoi que ce fût, je n'en puis mais ; cependant, croyez-moi, si vous voulez, je n'y songeai pas plus en ce moment qu'à l'homme de la Lune. Je la pris sur mon dos et la soutenant d'une main, je nageai de l'autre et gagnai le rivage. Il eût été grossier de la déposer sur le sable et de m'en aller. Il ne faut pas faire le bien à demi. Je la portai donc jusques sur une pelouse voisine, coupée par quelques buissons.... Vous imaginez bien, qu'on eut pendant tout cela le tems et l'occasion de s'appercevoir que cette femme étoit belle. Y prenez-vous donc moins d'intérêt, depuis que vous le savez ? J'étois précisément dans le cas où vous êtes... Cependant, mon manteau

étoit encore sur le sable. Cette belle personne, et le soin de lui faire retrouver l'usage de ses sens, s'emparèrent tellement de mon attention, que je ne pus prendre garde à moi, qu'au moment où elle ouvrit les yeux. Elle les referma si précipitamment, que j'assurerois qu'elle ne vit presque rien. Le trouble qu'elle témoigna en ce moment et une foible exclamation, dont il fut accompagné, me frappèrent ; je m'apperçus que j'étois sans manteau..... Je vous raconte le fait sans y ajouter le moindre ornement, comme vous voyez. Reposez-vous au soleil, en attendant mon retour, lui dis-je, et séchez vos habits du mieux que vous pourrez. Je reviens dans un moment. Je veux et dois voir vos yeux et savoir en quoi je puis encore vous servir..... Je courus et revins presque à l'instant, couvert de mon manteau. Elle avoit cependant pressé l'eau dont sa mante étoit imbibée. Elle l'avoit étendue au soleil et elle étoit sur le point de se débarrasser derrière les brossailles du reste de ses vêtemens. Un buisson touffu l'empêchoit de m'appercevoir, quoiqu'elle regardât avec une précaution timide autour d'elle. Je m'arrêtai et la considérai..... Je me

contenterai de vous dire, qu'il n'y a pas
de jeune homme à qui je n'eusse conseillé de détourner la vûe, ou plutôt de
s'en aller bien vîte. Mais un homme de
cinquante ans, qui, depuis plus de vingt,
vit de fèves, de laitues, et d'eau, peut
envisager sans danger une belle statue,
fût-elle sortie des mains de *Phidias*, ou
de celles de la nature même. Enfin sa
mante étoit sèche. Elle s'enveloppa, s'assit
au soleil, qui commençoit à baisser, et
sembla chercher autour d'elle où je
pouvois être. Je parus alors. Elle rougit,
baissa les yeux, et eût l'air d'une personne embarrassée. Je reviens, lui dis-je,
belle étrangère (son visage alors s'épanouit un peu; mais sa rougeur augmen-
ta); je reviens vous demander quel service je puis encore vous rendre. Elle
garda un moment le silence et me dit
enfin: Celui d'aller voir ce qu'est deve-
nue une vieille femme qui étoit avec
moi dans la barque. C'est ma nourrice;
j'espère qu'elle sera sauvée.... Je volai
vers la mer. Tous les autres avoient
échappé au naufrage; mais on ignoroit
le sort de la vieille nourrice. La belle
Dame pleura en apprenant cette nouvelle; elle courut elle-même au rivage.

Elle conjura les matelots de chercher sa nourrice. Elle leur promit une récompense. Tout-à-coup un coffre, jetté sur le sable à quelques pas d'elle, attira toute son attention. Il lui appartenoit, et renfermoit des habits et quantité d'effets précieux, qui servent à la parure d'une jolie femme. Par bonheur, rien n'étoit endommagé. Un rayon de joye éclata soudain dans toute sa physionomie..... C'étoit, je vous proteste, une aimable physionomie. On ne pouvoit trouver la nourrice, et la nuit s'approchoit. La jolie femme, un peu consolée d'avoir au moins retrouvé son coffre, me dit la demeure d'une de ses amies, en mé priant de l'y conduire. Un matelot, chargé du coffre, nous montroit le chemin. Nous arrivâmes : la belle Dame me remercia, et moi..., je lui souhaitai une bonne nuit. Pour la première fois, elle me parut me considérer avec attention et avec une sorte de surprise. Porte-toi bien, belle étrangère, lui dis-je ; et je partis.

CHAPITRE XXII.

JE demande à présent à tous les honnêtes gens, Grecs et Barbares, hommes et

femmes, y compris les Eunuques et les Hermaphrodites, « ce qu'il y a de si scan-
» daleux dans l'aventure, que je viens de
» raconter ? » Sur ma parole, je ne le comprends pas. Toutes les circonstances étant telles que je viens de les présenter, je ne vois pas en quoi la belle Dame, ou moi-même, ou tous deux ensemble, nous aurions dû nous conduire autrement que nous ne fîmes.

Cependant, écoutez ce qui se passa. Le lendemain l'histoire courut dans tout Co-
rinthe. On ne parla pendant trois jours que de *Diogène* et de la belle Dame. On se raconta l'anecdote et chacun l'embellit à sa manière, ou suppléa aux circonstances qui manquoient, par d'autres de son invention. On en fit même une chanson, et je l'ai entendu chanter hier au soir dans les carrefours..... Mais ce n'est en-
core rien. Il a fallu rendre un jugement. On a examiné ce que *Diogène* et la belle Dame avoient fait, ce qu'ils n'avoient pas fait, par quels secrets motifs et à quelle fin ils l'avoient fait, ce qu'ils auroient pû ou dû faire dans ces circonstances, ou dans d'autres circonstances données, et le reste. On a plaidé pour et contre et enfin il a été décidé unanimement « que,

» dans toute cette affaire, *Diogène* n'avoit
» agi ni en homme sage, ni en homme
» vertueux. »

Une vieille Dame trouva mauvais, qu'il
eût été si tard chercher son manteau.
Quelle imprudence, pour donner à cette
affaire le nom le plus favorable ! Pouvoit-
on pousser aussi loin l'oubli de soi-même ?
Il auroit dû poser la Dame sur le rivage,
avant qu'elle eût repris l'usage de ses sens,
et né la porter dans un endroit plus convenable, qu'après s'être enveloppé de son
manteau.

Vous êtes bien indulgente, Madame,
dit une autre. Ne voyez-vous donc pas
qu'il y a des choses qu'on oublie de propos délibéré, et que, dans cette occasion,
il trouvoit mieux son compte à ne songer au plus pressé, que quand il seroit
trop tard.

Par les déesses d'*Eleusis*, s'écria une
troisième, je ne lui aurois pas conseillé
de paroître davantage devant moi, si
j'eusse été l'étrangère.

Apparemment la Dame est d'un pays
où l'on vit encore dans l'état de nature,
ajouta une quatrième.

Ou peut-être elle le prit pour un Satyre,
dit une grosse Maman, qui, à la juger

sur sa mine, n'étoit pas femme à se laisser
effrayer par dix Satyres.

Je ne sais à quoi bon vous vous épuisez
en conjectures, dit une autre. Il me semble que la chose parle d'elle - même; si
c'estle goût de cette Dame enfin? Suivant
toutes les appparences, c'étoit sans doute
une Dame.... de ces Dames, avec lesquelles il est assez indifférent de négliger ou
d'observer les bienséances.

Tel fut l'arrêt que prononcèrent les
Dames Corinthiennes du premier et du
second rang, à l'exception des Prêtres-
ses, qui ne portèrent aucun jugement.
Elles s'informèrent cependant de toutes
les circonstances, et en apprenant que
Diogène étoit sans manteau, lorsque la
Dame ouvrit pour la première fois les
yeux, elles devinrent d'une extrême rougeur, mirent leurs mains devant les yeux
et ne voulurent plus rien entendre.

Parmi les hommes, l'affaire fut envisa-
gée sous un autre point de vûe.

Pourquoi son humeur obligeante n'a-t-
elle eu pour objet que la belle femme?
Pourquoi a-t-il laissé périr l'honnête nourrice? l'événement a bien fait voir qu'elle
auroit eu également besoin de ses secours.

La question, ajouta un autre, est d'autant mieux fondée, qu'on peut présumer que la jolie femme auroit atteint le rivage, même sans qu'il la secourût.

Vous êtes bien sévères, Messieurs, dit le troisième. Comme s'il n'étoit pas naturel de chercher à mériter la reconnoissance d'une jeune et jolie femme, plutôt que celle de sa vieille nourrice. Ha! ha! ha! Il se mit à rire de cette excellente saillie. Ha! ha! ha!

Considérez sur-tout, continua un quatrième d'un certain air de causticité, qu'on ne trouve pas tous les jours un prétexte honnête pour se réfugier derrière un buisson, avec une belle Nymphe, *senza camiscia e senza calzoni.*

Un cinquième, qui venoit d'être fait Sénateur, insinua qu'il savoit de bonne part qu'ils étoient restés seuls plus de deux heures dans le taillis et qu'on pourroit citer des témoins qui avoient vû son manteau sur le sable, et les habits de la Dame exposés au soleil sur des branches sèches.

J'ai peine à soupçonner le mal, dit, en inclinant avec poids sa tête sur son double menton, un prêtre de Jupiter, grave vieillard de quarante ans. Mais les hom-

mes sont tels , que je n'aime jamais à entendre parler de procédés généreux ,
quand des femmes, et sur-tout de jolies
femmes y sont intéressées. Rien de plus
palpable , comme on vient de l'observer,
que le motif qui fait qu'on s'empresse
tant à les obliger. Mais, pour parler sérieusement , je voudrois bien savoir
pourquoi une jolie femme , qui n'est que
jolie femme , seroit plus aimable que sa
nourrice ? Celle-ci n'est-elle pas de même
une créature humaine ? N'avons-nous pas
les mêmes devoirs à remplir envers elle ?
N'a-t-elle pas, dans le cas actuel, besoin
de nos secours tout autant que l'autre ?
N'est-ce pas l'innocence et l'intégrité des
mœurs qui fixent réellement ce que
nous valons? Une femme jeune et jolie
a-t-elle , peut-être à cause de ces qualités accidentelles , plus de droits aux secours de la pitié et de la vertu, qu'une
vieille ou qu'une laide ? A parler naturellement , la thèse contraire me paroît
bien plus soutenable. Un homme vertueux, s'il est sage, et il doit l'être, s'il
ne veut pas que sa vertu bronche à
chaque instant, un tel homme, obligé de
choisir entre ces deux femmes, se seroit
d'autant plus promptement déterminé pour
le

la nourrice, qu'alors ses motifs pouvoient être plus purs ; que l'exemple, qu'il auroit donné, n'en eût été que plus édifiant, et qu'il y auroit eu moins de risques à courir pour sa propre vertu ou celle de la bonne.....

Pardonne, père des Dieux et des hommes ! Mais il m'est impossible, d'entendre davantage ton Prêtre extravaguer si gravement. Tu as raison, je le veux, Prêtre de Jupiter ! Il est inconcevable qu'une jeune et jolie femme puisse être plus aimable que sa bonne..... non, elle n'a sur elle aucun avantage ! La vertu de la vieille nourrice, voilà ce dont il s'agit ! quel trésor ! C'est-là sans doute, c'est-là ce qu'il falloit sauver ! Que toutes les jolies femmes se noyent..... qu'importe ? La vertu y gagnera. Les tentations diminueront, et quel exemple ne donnerons-nous pas, quand il n'y aura plus au monde que de vieilles nourrices !..... *Diogène* ne s'est comporté ni en homme sage, ni en homme vertueux. O Prêtre de Jupiter ! on t'accorde tout ce que tu veux ; mais tais-toi.

Diogène.   G

CHAPITRE XXIII.

Sans vanité, le chapitre précédent est un des plus instructifs, qui aient jamais été écrits, et je vous conseille en ami, de le méditer avec toute l'attention possible. Un Lecteur, sans être d'une extrême pénétration, pourra aisément en extraire les règles de différentes sciences, les plus usuelles et les plus utiles... par exemple, la science de calomnier adroitement ... La science de présenter une aventure sous un faux jour, au moyen d'un changement très-léger de lieu et de tems ... La science de donner à une chose indifférente et innocente un vernis de scandale... La science d'étayer des mensonges particuliers par des vérités générales ... Sciences importantes, et qui ont une influence très-étendue sur la vie sociale; sciences enfin, dont ceux qui sont parvenus à s'y rendre habiles, font autant de mystère que certains Empyriques de leurs secrets, parce qu'ils sont bien aises de conserver pour eux-mêmes l'utilité que l'on en peut tirer. Je le répète : il y a là dequoi s'instruire prodigieusement.

CHAPITRE XXIV.

JE te l'avoue, *Xeniade*, je succombai à la tentation de me venger de cette grosse femme qui m'avoit comparé à un Satyre. Tu connois *Lysistrata*, l'épouse de l'imbécille *Phocas* ? J'allai chez elle, il y a quelques jours, dans l'après-midi. La chaleur étoit extrême. Je la trouvai dans un petit sallon de son jardin, couchée sur un lit de repos. Un esclave, à peine hors de l'enfance, et qui auroit fourni à un peintre l'idée d'un Bacchus charmant, étoit à genoux près d'elle avec un grand éventail, et se retira dès que je parus. Je dis à *Lysistrata* que j'étois venu pour rétablir dans son esprit une certaine Dame de mes amies qui avoit eu le malheur de perdre son estime sans trop savoir pourquoi.

Elle ne parut pas me comprendre. Je vins au secours de sa mémoire. Cette Dame, lui dis-je, ne croyoit pas avoir mérité un jugement aussi rigoureux que celui qu'on a prononcé depuis peu contre elle dans une certaine société. En effet, je serois curieux de savoir si *Lysistrata*, dans

un cas semblable, auroit voulu se conduire autrement ? « Ce n'est pas ma fau-
» te, dit-elle, si les loix de la décence
» sont sévères. » Parlez-vous de cette décence qui dérive de la beauté interne des
actions, ou de cette décence factice qui
ne dépend que de l'opinion des hommes?...
« Je ne comprends rien à vos distinctions,
» repliqua la Dame; chacun sait ce que
» l'on entend par décence, et tout le
» monde convient, je pense, qu'il y a
» certaines règles dont on ne peut s'af-
» franchir, sans s'exposer aux jugemens
» du public. »

Vous voulez sans doute en venir à ce
que j'étois sans manteau, lorsque la Dame
ouvrit, pour la première fois, les yeux.
Je l'avoue, cela n'étoit pas dans la règle.
Mais les circonstances doivent me justi-
fier; et, en honneur, je ne songeois
point à mal. « Il ne s'agit pas ici de ce
» que vous pensâtes, mais de ce que vous
» fîtes, me dit-elle en souriant. »... Je ne
voudrois répondre de rien, belle *Lysis-*
trata, si je me trouvois dans cette situation particulière, avec une femme aussi
séduisante que celle qui est devant moi.

« Je ne vois pas pourquoi me mettre de
» la partie, repliqua-t-elle en rougis-

» sant. ».... Son voile en désordre couvroit à peine sa gorge, et, tout en parlant, elle l'arrangeoit, mais si négligemment, que le mal devint pire en effet
qu'il n'avoit été.

Mais, sérieusement, belle *Lysistrata*,
auriez-vous donc été capable de ne point
pardonner cette bagatelle à un homme
qui vous auroit sauvé la vie ? Dans le fond,
c'étoit bien la chose du monde la plus
indifférente ... « Pas tant que vous vous
» l'imaginez. »... Mais pourquoi cela ?...
n'aurois-je pas une bien mince idée de la
vertu d'une femme, si je croyois que,
pour lui porter atteinte, il suffit d'un
pareil accident aussi peu prémédité d'un
côté que de l'autre ?... « Mais aussi, qui
» est-ce qui dit cela ? Je ne voudrois pas
» que vous autres hommes imaginassiez
» être si dangereux ; mais que deviendroit
» l'estime qu'on nous doit, si nous avions
» autant de facilité que votre étrangère,
» à pardonner de semblabes libertés, ne
» fussent-elles nullement préméditées ?...»
Peut-être l'étrangère prit-elle l'homme
qui la délivroit pour un Satyre, belle
Lysistrata ?...

Elle rougit de nouveau. « Vous êtes
» méchant, *Diogène*, » me dit-elle, en se

G 3

penchant un peu plus vers moi. Elle ne
fit pas attention que ce moùvement mettoit dans la draperie qui couvroit sa jambe, un certain désordre qui, joint à l'attitude qu'elle avoit sur son canapé, donnoit à toute sa personne un air très-pit-
toresque, mais capable, en même tems,
de faire certaines impressions que sa vertu
n'avoit pas dessein de faire. En effet, *Lysistrata*, repris-je, un Satyre a des privilèges qu'on n'accorderoit pas à tout autre.
(La direction de mes regards auroit dû la
rendre attentive ; mais elle étoit trop dis-
traite.) Par exemple, belle *Lysistrata*,
poursuivis-je avec un petit intervalle, je
ne voudrois pas vous conseiller de prendre à dessein l'attitude où je vous vois en
ce moment, si vous croyiez courir le moindre risque d'être surprise par un Satyre.

« Qui s'imagineroit que les Philosophes
» eussent des yeux pour de semblables
» misères, dit-elle, en réparant le désordre
» de ses habits avec un trouble affecté ? Je
» me flatte que vous voudrez bien croire
» que je ne pensois pas à déconcerter vo-
» tre sagesse. » ... J'ignore à quoi vous
pensiez : mais je sais ce que je ferois, si
je pouvois vous résoudre à m'accorder les
prérogatives d'un Satyre.

Elle me regarda avec une légère surprise qui n'avoit rien de repoussant . . . .
c'étoit un regard qui plongeoit dans mes
yeux, comme pour y chercher si je sen-
tois en effet tout ce que je disois. Tout a
ses bornes, continuai-je; la vertu ne de-
vroit-elle pas avoir aussi les siennes ? je
le sens trop vivement, belle *Lysistrata*,
pour ne pas desirer de pouvoir vous en
convaincre . . . . En cet instant, je ne fis
pas plus d'attention à mon manteau, que
la Dame, un instant auparavant, n'en avoit
fait à son jupon . . . Ses yeux étoient à
demi-clos, et sa gorge, où quelques dou-
zaines d'Amours auroient aisément pu
danser en rond, s'agitoit au point que
moi-même j'en fus presque mis hors de
mesure.

O ! charmante *Lysistrata*, m'écriai-je en
m'approchant d'elle et en faisant un mouvement, comme si j'avois eu peine à
m'empêcher de l'embrasser ; pourquoi ne
puis-je vous inspirer des sentimens plus
doux ? L'austère vertu, dont vous faites
hautement profession... je la respecte ...
Elle m'y force ... Mais comme je vous
chérirois si vous pouviez pardonner à l'é-
trangère infortunée la faute légère dont
vous êtes si scandalisée ! Que vous seriez

indulgente, si vous étiez capable vous-même d'avoir une foiblesse !... « En honneur, je ne vous comprends pas, dit-» elle; mais ... vous m'obligeriez de me » laisser seule. »

Pouvez - vous sérieusement avoir une pensée aussi cruelle, m'écriai-je, en prenant une de ses mains et en m'asseyant sur le bord de son canapé ? Elle retira sa main si mal-adroitement, qu'elle entraîna la mienne sur un coin de sa gorge. « Je » ne veux pas souffrir ce badinage, me » dit-elle. »... C'est précisément - là ce qui me désespère. Je risque de perdre la raison, pour m'être exposé à un tel danger, moi qui avois tant de motifs de me faire l'idée la plus effrayante de votre vertu !...

Elle gonfla de rage, sans savoir comment elle pourroit éclater décemment.

Vous voyez, trop séduisante *Lysistrata,* combien il s'en faut que je sois aussi Satyre que je le parois. Mais soyez de bonne foi: n'y auriez-vous pas été trompée vous-même, aussi bien que mon étrangère ?...

Elle pleura de fureur.

Je sentis que je commençois à devenir foible. Encore un instant et je n'étois plus mon maître : je me levai donc. Au même

moment l'esclave rentra et parla à l'oreille
de sa maîtresse... Je n'entendis que le nom
de *Diophante* ... de ce prêtre de Jupiter,
qui ne concevoit pas qu'une jolie femme
pût être plus aimable que sa nourrice. Le
jeune esclave sortit promptement, chargé
d'un ordre que je ne pus deviner, mais
cela me suffisoit. Je suppose, belle *Lysis-*
trata, lui dis-je, que je puis me retirer
avec la certitude de vous avoir inspiré une
meilleure opinion de moi et de l'étrangère. Le respectable *Diophante* vient fort à
propos pour tirer parti des dispositions
dans lesquelles je vous laisse, et il y auroit de l'injustice de l'arrêter un seul instant. Adieu, belle inexorable... Je sor-
tis sans qu'on m'honorât d'une réponse
ou d'un regard.

« Je ne comprends pas, me dit *Xeniade*,
» comment tu as pu avoir assez d'empire
» sur toi, pour prendre une vengeance qui
» a dû te coûter au moins autant qu'à la
» Dame elle-même. »... Tu ne saurois
croire, *Xeniade*, quelle haine j'ai pour
toutes les vertus de parade. Elle égale mon
respect pour l'innocence et la véritable
vertu. Le desir de l'accabler du profond
mépris qu'elle mérite, me rendoit capable
de tout. Je t'avoue cependant qu'une es-

pèce de commisération a été sur le point,
une ou deux fois, de me jouer un tour, que
de la vie je n'aurois pu me pardonner.

CHAPITRE XXV.

QU'IL est différent de s'acheminer vo-
lontairement vers le port, ou d'être obligé
d'y aller pour se faire enchaîner sur une
galère, où l'on restera une dixaine d'années! Il faut l'avoir éprouvé, ou du moins
quelque chose d'analogue, pour en être
convaincu. Moi - même, je ne l'ai jamais
si bien senti qu'aujourd'hui. Je me pro-
menois sans objet, selon ma coûtume : je
suis tombé dans ce bois, qui s'étend le
long du rivage, vers le temple de Neptu-
ne, et qui est, comme vous savez, consacré
aux Néréides.

Je ne songeois à rien moins qu'à trouver
dans ce lieu sauvage une ancienne connoissance, lorsque j'apperçois tout-à-coup
au pied d'un arbre un homme d'environ
trente-cinq ans, l'air pâle et défait, les
yeux enfoncés, les cheveux en désordre,
qui m'offroit enfin tous les caractères de la
misère et du chagin. Il étoit sur le point
de faire son souper d'une poignée de raci-

nes, qu'il venoit d'arracher, et de quelques morceaux de biscuit trempés dans l'eau. Je crus le reconnoître, et quand j'en fûs plus près, je vîs avec étonnement que c'étoit *Bacchides* l'Athénien : cet homme, un peu avant que je quittasse Athènes, avoit hérité d'une fortune de huit cens talens Attiques, pour le moins ; fruits des travaux d'un vieil usurier, dont il avoit l'avantage d'être fils unique.

Par quel évènement trouvai-je ici l'heureux *Bacchides*, lui dis-je ? pourquoi si délaissé et prêt à faire un repas si frugal ?... « Heureux ? Ah ! Dieux ! s'écria-t-il en soupirant : ce tems n'est plus, *Diogène*... car c'est toi, si mes yeux ne sont fascinés. » Je voudrois qu'ils ne l'eussent jamais été davantage, répliquai-je... « Tu viens très-à-propos ; car c'est toi que je cherchois : je ne viens d'Athènes que pour me mettre à ton école »... Votre voyage est inutile, je n'ai point d'école... « Je serai donc ton premier disciple. Je veux que tu m'apprennes comment tu fais pour être heureux dans l'état d'indigence, où tu vis depuis tant d'années. »... Et quel usage prétendez-vous faire de cette connoissance ?... « Quel usage ? j'ai cru que mon

» aspect préviendroit cette question. » ..
Je vois bien qu'il doit être arrivé quelque
changement dans vos affaires..... « Un
» très-grand, par tous les Dieux ! un très-
» grand. Tu m'as encore vû possesseur de
» palais, de terres, de mines, de manu-
» factures, de vaisseaux, enfin assez riche,
» pour que la plûpart de mes concitoyens
» me portassent envie. ».... Sans doute
vous aviez aussi des statues, des tableaux,
des tapis de Perse, des vases d'or ; de belles esclaves, des danseuses, etc... « Oui,
» par Jupiter ! j'avois de tout cela, et nul
» Athénien n'en avoit autant que moi. »..
J'en suis fâché pour vous... « Et moi, je
» n'y vois rien de fâcheux, si ce n'est que
» je ne les ai plus »... L'un est aussi triste
que l'autre... mais par quel accident...
« Je te l'avouerai, *Diogène*, j'ai joui de
» mes richesses et c'est mon unique con-
» solation ... Je n'ai point éprouvé d'ac-
» cident : le faste, la dépense, les fêtes,
» les banquets, les courtisannes ont ab-
» sorbé tout mon bien. Dix années de bon-
» heur ... Ah ! comment puis-je songer
» sans désespoir à l'état où je suis ? Dix
» années de bonheur se sont écoulées avec
» *Comus*, *Bacchus*, l'Amour, la riante *Vé-*
» *nus* et avec tous les Dieux du Plaisir. »..
                                                    Et

Et par le secours de ces Dieux favorables, vous avez, en dix années, englouti une fortune de huit cens talens ?... « En eus- » sai - je eu le double, j'aurois aisément » trouvé les moyens de l'échanger contre » la joye et les plaisirs. Je l'avoue, j'étois » un imprudent, je ne songeois point à » l'avenir. »

Mais à présent que vous êtes forcé d'y songer, quels sont vos projets ?..... « Je » n'en ai point, *Diogène*. Je ne sais que » devenir »..... Cependant, tout cet or prodigué, ces fêtes, ces banquets, vous auront fait des amis ?..... « Amis tant que » tu voudras ; mais depuis que je n'ai plus » rien de semblable à leur offrir, ils m'ont » méconnu. »..... C'est ce que vous auriez pû apprendre dans l'Académie ; ou si les assemblées des gens graves n'étoient pas de votre goût, l'exemple de vingt de vos convives, jadis heureux ainsi que vous, devoit vous tenir lieu d'expérience. Mais je ne veux point aggraver, par mes repro- ches, ceux que vous vous faites sans doute à vous-même. Il est question de savoir ce que nous ferons actuellement. Vous seriez donc bien content, si une Divinité bien- faisante vous rendoit les biens que vous avez perdus ?..... « Quelle question ! par

Diogène.   H

» malheur je ne connois point d'être assez
» bienfaisant pour cela »…. Vous vous
trompez, *Bacchides*. L'industrie est ce
Dieu secourable. Le travail et la modé-
ration sont des mines d'or inépuisables,
que le fils de la Terre le plus indigent
peut creuser avec fruit, tant qu'il lui plaira…. « Mais je ne veux pas creuser, mon
» cher *Diogène*. Je le voudrois, que je
» ne le pourrois pas. Il n'y a point de
» travail, qui ne demande à être appris,
» et moi…. moi je n'ai rien appris. »…
Vous ne savez aucun métier qui puisse
vous nourrir ; je le veux. Mais vous avez
de l'esprit : vous savez parler. Consacrez-
vous à la République. Tâchez de captiver
la confiance des Athéniens !… « Tes plai-
» santeries sont trop amères, *Diogène*…
» Comment parviendrois-je à persuader
» aux Athéniens de confier leur sûreté,
» leur bonheur, leurs revenus publics, à
» un homme qui n'a sçu conserver son
» propre héritage ?…… Et puis, pour de-
» venir homme d'état, il faut avoir une
» foule de connoissances, dont je ne me
» suis jamais occupé. »…… Oui, il faut
les avoir ; au moins dans votre position.
Pour un homme sans fortune, il n'y a certainement point de route plus naturelle

pour s'élever, que le mérite ; ainsi nous
abandonnerons cet expédient...... Vous
pourriez au moins porter les armes ? .....
« Comme soldat ? ....., j'aimerois mieux
ramer. Comme chef ? ne faut-il pas de
» l'argent, de l'appui ou du mérite per-
» sonnel ? »

Eh bien, si rien de tout cela ne vous
convient, il y a encore d'autres ressources... Elles ne sont pas aussi honorables...
mais quand on n'est pas maître du choix...
par exemple.... Il y a des Dames riches,
qui approchent de l'âge, auquel il faut
se résoudre à renoncer à l'amour, ou se
rendre propice à force de libéralités...
Vous remuez la tête ?.... « Ah, *Diogène*!
» Je me suis encore fermé cette miséra-
» ble issue.... Les Dames, dont tu parles,
» exigent prodigieusement. Tu peux bien
» t'imaginer qu'un homme, qui en dix
» années a dissipé huit cens talens, n'est
» plus propre à un service aussi rude. »....
O avantages des richesses ! Je vous l'a-
voue, je suis au bout de mes ressources...
« Mais tout cela est inutile, si tu veux
» m'apprendre comment tu fais pour être
» si heureux, (du moins tu parois l'être)
» dans un état d'indigence égal au mien. »
Heureux ? Je le suis en effet, *Bacchides*.

H 2

Mais souffre que je te dise, que tu es dans l'erreur, si tu me crois indigent. Les apparences te trompent. Je suis riche : je me crois plus riche que le roi de Perse ; car j'ai d'autant moins de besoins, que je trouve par-tout ce qui m'est nécessaire, et je ne m'apperçois pas qu'il me manque rien. Ce contentement me procure la vigueur et la santé que tu me vois. Souvent, par commisération ou pour faire de l'exercice, j'arrache la meule des mains de l'esclave en sueur et je broye le grain à sa place.

« Étrange mortel, s'écria-t-il ! »....Tu ne saurois imaginer, *Bacchides*, à quel point il importe à notre ame, que l'instrument sur lequel elle s'exerce soit bien accordé. Sain du corps, de l'ame, de la tête (à quelques grains de folie près, qui ne m'incommodent point du tout), sans soucis, sans passions, sans devoirs gênans, sans dépendance, comment ne serois-je pas heureux ? Toute la nature n'est-elle pas à moi, puisque j'en jouis ?....Quelle source de jouissances ne trouvai-je point dans ma sensibilité seule !... Pour toi, *Bacchides*, je crains bien que tu n'en connoisses point de ce genre...... Et pour compléter mon bonheur, j'ai encore un

mi.....« Tu te nourris cependant de ra-
» cines et de fèves; tu es vêtu de bure et
» tu vis, dit-on, dans un tonneau »....
Si tu veux me faire compagnie, nous
habiterons ensemble ma maison d'été;
car à dire vrai, mon tonneau seroit trop
étroit pour nous deux. Elle est à quelques
pas d'ici près du rivage, et l'on y jouit
de la plus belle vûe du monde. Ce n'est,
il est vrai, qu'une espèce de grotte creu-
sée par la nature même. Mais j'y trouve
toutes mes commodités. Mon lit est com-
posé de feuilles sèches, et ma table d'une
pierre platte et polie..... « J'accepte tes
» offres, dans l'espérance que tu seras
» assez généreux, pour ne point cacher
» à un infortuné le secret que tu dois
» posséder pour pouvoir te figurer que tu
» es heureux et riche ».

Je ne pus m'empêcher de rire..... Il
semble que tu t'imagines, que j'ai sur
moi quelque talisman qui me communi-
que ce pouvoir. Pour ne point t'abuser,
Bacchides, mon secret est la chose du
monde la plus simple. Mais, il n'est pas
si aisé de le communiquer! Mes principes ne sont point difficiles à concevoir.
Mais pour en être convaincu, ainsi que
je le suis, pour être heureux par leur

H 3

moyen autant que je le suis... Il faut avoir
reçu de la nature certaines dispositions
que tu n'as peut-être pas..... Cependant
faisons toujours une petite épreuve. Si tu
te plais avec moi, tant mieux;..... si
non, le hazard nous indiquera peut-être
d'autres moyens.

CHAPITRE XXVI.

RIONS de concert, cher *Xeniade*. J'ai
perdu à la fois mon hôte et mon écolier.
Il ne put fermer l'œil pendant la première
nuit qu'il passa dans ma grotte. Cependant *Ulysse* lui-même jetté sur les côtes
des Phéaciens, n'eut pas un meilleur lit
que celui que j'avois préparé à mon disciple. On voyoit bien qu'il étoit habitué à
reposer mollement sur des carreaux et sur
le duvet du cygne. Un rossignol se mit à
chanter admirablement bien près de notre
grotte. Ecoute, lui dis-je, ce chantre aimable ... Quel charme de s'endormir aux
sons de sa voix!... Mais il n'entendoit rien,
ou plutôt il ne sentoit rien de ce qu'il entendoit.

Le lendemain nous fîmes un léger déjeûner de mûres que nous cueillîmes sur
les buissons, et d'un peu de pain que je

tirai de ma besace, pour le partager avec
lui. Il trouva mon déjeûner par trop frugal. Il se rappella en soupirant les banquets et les fêtes qu'il donnoit au tems de
sa fortune, et craignit d'avance de ne pas
faire le soir un meilleur repas que le matin.

Je commençai à philosopher avec lui.
Je lui prouvai qu'un homme dans sa position pouvoit être, dès qu'il voudroit, le
plus heureux mortel du monde. Il parut
me prêter beaucoup d'attention. Il trouva
mes principes incontestables ; mais ils ne
purent l'entraîner. Cependant nous che-
minions tout en conversant. Tout-à-coup
ses yeux furent frappés d'un objet, qui
l'intéressa bien autrement que ma philosophie.

Un pêcheur habite une cabane peu éloignée de ma grotte. C'est un bon vieillard qui a trois jeunes filles ; elles s'of-
frirent en cet instant à nos regards. Mon
Athénien, qui se connoît parfaitement en
belles choses, les trouva si bien, malgré
la simplicité de leurs vêtemens, qu'il
voulut les considérer de plus près.
Elles étoient assises au pied d'un arbre
voisin de leur cabane, et travailloient à
un filet. *Bacchides* trouva que la première
avoit les bras d'une *Junon*, l'autre la

taillé d'une Nimphe, et la troisième des
yeux qui promettoient infiniment. Je n'y
avois encore fait aucune attention..... Tu
souris , *Xeniade*. Ai-je donc jamais voulu
te cacher la moindre de mes foiblesses?
Le vieillard a aussi une femme, mère de
ces trois filles. Au besoin , elle repré-
senteroit passablement la mère de Pro-
serpine ; mais alors elle étoit absente.

Vers le soir , *Bacchides* m'obligea de le
mener à la ville. Il paroissoit tout exami-
ner avec des yeux de Lynx : mais il ne me
communiquoit point ses observations. Je
le perdis de vûe tout-à-coup, sans m'en
être douté. Un moment après , je le revis
qui parloit à un esclave. Il vola vers moi
dès qu'il m'apperçut. Son visage avoit repris vie et couleur. « J'ai fait une trou-
» vaille, me dit-il avec l'expression de la
» joye et de l'espérance. » Et quelle trou-
vaille, lui dis-je ? . . . Un jeune homme
» qui aime le plaisir, ou , ce qui revient
» au même . . . . . qui est *jeune*. Il veut se
» divertir secrétement ce soir avec ses
» amis, et son père, qui est un avare opu-
» lent, doit l'ignorer. Il a envoyé un es-
» clave affidé à la découverte d'un endroit
» convenable. Mais il n'a pu trouver pré-
» cisément ce qu'il cherchoit. J'ai dit à

» l'esclave que je connoissois un endroit
» admirable, et il va en prévenir son maî-
» tre, qui, infailliblement, me fera in-
» viter. »

Tu es ici depuis vingt-quatre heures,
m'écriai-je, et tu es déjà si bien au fait
du terrain ! Puis-je savoir ?... « Pourquoi
» pas ? j'espère bien que tu ne feras pas la
» folie de perdre une si belle occasion de
» te rassasier et de te divertir. La cabane
» de notre pêcheur suffit à nos projets. Le
» bon-homme est allé vendre ses poissons,
» je ne sais où. La fille dont les yeux sont
» si expressifs, m'a dit à l'oreille qu'il ne
» reviendroit qu'après demain. » .... Où
» donc lui as-tu parlé ?... « J'ai saisi le
» moment où, dans l'après-midi, tu re-
» posois un peu sur tes nattes ... Ces filles
» sont aussi vives que l'élément qui les a
» vû naître, de vraies Nymphes, et, si je
» ne me trompe, elles sont très-complai-
» santes. Leur mère semble aussi n'avoir
» pas encore renoncé au plaisir. »

Que tu es un excellent observateur, *Bac-*
cides ! Voilà pour le coup ton talent dé-
voilé. Le métier d'entremetteur est d'un
bon rapport dans une ville comme Corinthe, et c'est en effet le seul qui reste à
un homme de ton espèce. Je vois bien que

tu n'as plus besoin de moi ; je te laisserai
poursuivre seul la route où tu t'engages...
Porte - toi bien, *Bacchides* .... mais par
l'intrigue que tu viens de nouer, tu me
chasses de ma maison d'été, et j'ai peine
à te le pardonner. Elle étoit si bien si-
tuée !... Je ne la verrai plus ; car tout ce
qui peut accompagner *Bacchides*, ne sauroit
convenir à *Diogène*.

CHAPITRE XXVII.

Oui, *Philomedon*, je le soutiens. Le
plus misérable portefaix de Corinthe est
un homme plus estimable que toi !... ex-
cuse ma franchise... ou si tu en es choqué,
permets que je n'en prenne aucun souci.
« C'est ce qu'il faudra voir, me dit *Philo-
» medon*, d'un ton suffisant » ..... Jeune
homme ! j'ai si peu à perdre, qu'en vérité
cela ne vaudroit pas la peine d'avoir peur
de personne .... fi donc ! Quelle honte de
se mettre en colère, parce qu'on entend la
vérité ! ... « L'impudent personnage ! » ...
Tu plaisantes, *Philomedon* : ce que je dis
est d'une évidence qui saute tellement aux
yeux, que tout ton amour-propre ne sauroit te rendre assez aveugle, pour que tu
n'en sois pas frappé. Le portefaix sera,

tu le veux, un pauvre misérable. Il est
cependant utile à la société... mais toi,
comment la sers-tu ? Allons, point de
hauteurs puériles ! raisonnons amiablement de ceci... Tu dissipes tous les ans
trente talens : c'est à-peu-près une demie-
mine par jour... « Et tu es au désespoir
» de n'en pouvoir faire autant ; n'est-il
» pas vrai, *Diogène* ? ... Il ne tiendroit
» cependant qu'à toi d'être du moins un de
» mes convives... Mais tu as trop d'arro-
» gance pour cela. »... Pas tant que tu
crois, *Philomedon* ; mais cependant tout autant qu'il en faut. Depuis que j'ai éprouvé
les misères de l'esclavage, je ne change-
rois pas, contre tous les trésors de l'Asie,
le bonheur d'être mon propre maître.

« Je pense précisément de même, *Dio-*
» *gène :* je suis riche, je jouis de mes ri-
» chesses, et d'autres en jouissent avec
» moi : elles me procurent de la considé-
» ration et souvent même de l'influence.
» Je suis dispensé de travailler à acquérir
» ce que la fortune m'a prodigué d'elle-
» même. Qu'est-ce qui m'empêcheroit d'ê-
» tre mon propre maître aussi bien que
» toi ?... » Il n'y a nulle induction à tirer de-là. La différence est trop grande
entre nous. Tu reçois annuellement de

l'Etat trente talens Attiques, et moi rien :
« Je ne tire point mon revenu de l'Etat.
» C'est mon propre bien...» C'est tout
de même. Tes revenus sont ton propre
bien, d'accord : mais ce n'est qu'en conséquence du pacte formé entre les fonda-
teurs de la République, lorsqu'ils procédè-
rent au premier partage des biens. Tes
prédécesseurs reçurent leur portion, à condition de travailler de toutes leurs forces
au bien de l'Etat. Ce pacte subsiste toujours. Celui qui participe aux avantages
de la société, lui doit des avantages pro-
portionnés.

« Tu ne retires peut-être aucun avan-
» tage de la société? »... Mais lequel, je
te prie ?..... « Tu vis, et l'on ne vit
» pas d'air. Tu vas où il te plaît, libre-
» ment et en sûreté, sous la protection
» des loix..Comptes-tu cela pour rien? »...
C'est quelque chose, *Philomedon* ; mais il
n'y a exactement que ce qui m'est dû par
les Corinthiens. La moindre chose que
la loi naturelle me donne droit d'exiger
d'eux, c'est qu'ils me laissent vivre paisi-
blement ; au moins tant que je ne leur
causerai aucun préjudice.

« Et pourquoi, *Diogène*, les Corinthiens
» ne m'accorderoient-ils pas ce que tu exi-
ges

» ges d'eux, sans m'astreindre à leur être
» plus utile que toi ? »... Aussi leurs obligations sont les mêmes à ton égard qu'au
mien. Mais tu serois fort mécontent, s'ils
vouloient s'en tenir exactement à cela. Tu
as bien d'autres prétentions. Les uns doivent labourer tes champs, garder tes troupeaux ; les autres travailler à tes manu-
factures, tisser l'étoffe qui t'habille, ou
les tapis dont tu couvres tes appartemens.
Ceux-ci doivent préparer tes repas. Ceux-
là cultiver les vignes dont le vin t'abreuve,
en un mot, satisfaire tous tes besoins.....
et combien de besoins n'as-tu pas ?... C'est
aux autres à s'en occuper tandis que toi tu
reposes et ne fais rien.... rien au monde,
que boire, manger, danser, dormir sur
le duvet du cygne ou dans les bras d'une
beauté complaisante, et te faire servir...
et tout cela en vertu de tes trente talens
Attiques, auxquels cependant tu n'as
d'autre droit que celui que tu as reçu du
contrat social et des loix civiles qui en ont
résulté.... un droit, je le répète, qui suppose de ton côté, certains devoirs à remplir, devoirs dont vraisemblablement tu
n'as jamais examiné la nature avec autant
d'attention, que tu en donnes à l'arrangement d'un dîner, sur lequel tu délibè-

Diogène, I

res tous les matins avec ton maître-d'hôtel.

« Tu oublies, ce me semble, *Diogène*,
» que si les autres font quelque chose
» pour moi, ce sont, ou des esclaves que
» je nourris pour cela, ou des hommes
» libres, qui reçoivent de moi le salaire
» de leurs travaux. »

Il s'en faut encore beaucoup, mon cher
Philomedon, que cela te mette hors d'embarras.... Qui t'a donné le droit de considérer comme ton bien, des hommes, que
la nature a faits tes égaux ?.... Les loix,
diras-tu.... Ce n'est certainement pas la
loi naturelle ; mais des loix, qui ne doivent leur force obligatoire qu'à ce même
contrat sur lequel repose tout l'édifice de
la société. Car, sans cela, qui pourroit
astreindre tes esclaves à une obéissance,
qu'ils méconnoîtroient bientôt, s'ils n'é-
toient retenus par une puissance aussi re-
doutable ?.... et parmi tant d'hommes nés
libres, qui travaillent pour toi afin d'ob-
tenir un salaire, penses-tu qu'il y en ait
un seul qui ne s'en dispensât pas volontiers, si l'impérieuse loi de la nécessité,
ou le desir de s'enrichir, ne le rendoit
pas ton esclave volontaire? Crois-tu que
la plupart d'entre-eux ne préféreroient
pas le plaisir d'être à ta place, à des tra-

vaux pénibles , qui dans l'année ne leur
rapportent peut-être pas la centième partie de tes revenus ? Crois-tu qu'ils re-
pousseroient la riante *Vénus* et *Bacchus*,
le dispensateur de la joye? qu'ils refuse-
roient de reposer sur des lits voluptueux
et de faire travailler dix mille autres hommes, pour trente talens, qu'ils perce-
vroient annuellement sans la moindre
peine, car tu en charges encore ton Inten-
dant? Oui certainement, si la plupart d'entre eux avoient quelque courage, ils fe-
roient la réflexion toute simple, qu'ils peuvent s'épargner cette peine , en se réunis-
sant pour s'emparer violemment de ce que
tu possèdes. Qui te met à l'abri de ce danger, si ce n'est l'administration civile et
les loix qui te protègent? De leur maintien
dépend uniquement la validité de ce contrat : *Je travaille pour toi , afin que tu me
payes.* Mais je suppose que tu n'ayes aucune violence à craindre. Au moins ceux
qui travaillent à satisfaire tes besoins, à
te procurer des agrémens et du plaisir en
échange d'une petite portion de ton argent, ces mêmes gens te vendront leurs
marchandises ou leur travail à un prix si
exorbitant, que tes trente talens suffiront
à peine aux besoins d'une semaine : mais

la police empêche que les ouvriers et les
marchands ne deviennent maîtres du prix
des travaux et des marchandises..... conviens donc, *Philomedon*, que tu retires des
avantages si importans de la société, que
sans elle tout l'or du roi *Midas* te seroit
d'un foible secours. Mais si cela est évident, il est également démontré que le
dernier des portefaix de Corinthe a plus
de mérite que toi. En effet, il rend à la
société par son travail, la misérable sub-
sistance qu'il reçoit. Toi, au contraire, à
qui elle donne annuellement trente talens
à dépenser, tu ne fais rien pour elle, ou
du moins tous tes services envers l'état
sont comme ceux du frélon qui dévore la
meilleure partie du miel, que les abeilles
laborieuses ont formé avec peine, sans
faire en revanche autre chose que procurer à la République de jeunes citoyens...
Et permets-moi de le dire, tu ne man-
querois pas de te dispenser même de ce
dernier article, si l'attrait du plaisir n'a-
gissoit pas sur toi plus puissamment que
le sentiment de tes devoirs envers la société... Faisons encore une supposition,
Philomedon. Elle est si peu gratuite, qu'en
vérité, elle peut à chaque instant se réaliser... Dix mille hommes ont, sans contre-

dit, dix-neuf mille huit cents bras de plus que cent hommes. Or, il est évident, que pour chaque cent de ceux de ton espèce qui se trouvent dans toute l'*Achaïe*, il y en a au moins dix mille autres, qui auroient plus à gagner qu'à perdre à une révolution ; supposé donc que ces dix mille s'avisassent un beau jour, de calculer le nombre de leurs bras, et que le résultat de leur calcul fût d'employer l'excédent de leurs forces à vous chasser de vos possessions, vous autres riches, et de procéder à un nouveau partage. Dès que la République n'est plus, l'état naturel recommence. Tout rentre alors dans l'égalité primitive, et... enfin, ta portion ne seroit pas plus grande que celle de l'honnête artisan qui te chausse. Il ne faudroit que ce petit évènement, pour te mettre dans l'obligation ou .... de travailler ou de vivre d'aussi peu que *Diogène*... Et vraisemblablement tu serois bien embarrassé de choisir entre ces deux partis.

» Cette supposition, il est vrai, quoique » possible, semble cependant, par plusieurs » raisons, ne devoir jamais se réaliser.» Mais n'y a-t-il pas une foule d'autres accidens qui peuvent te ruiner ? Ne voyons-nous pas arriver tous les jours des évènemens

I 3

de cette espèce. Et que deviendrois-tu en
pareil cas ?.... Il est donc évident que ton
inutilité est tout aussi nuisible pour toi
qu'injuste envers l'état, à qui tu restes
redevable d'un équivalent de services pro-
portionné aux avantages qu'il t'assure,
sans t'embarrasser des moyens d'acquitter
ta dette.... Enfin examinons la chose de
tous les côtés, la comparaison entre toi
et le portefaix sera toujours à l'avantage
de celui-ci.

CHAPITRE XXVIII.

« Malgré tout cela, *Diogène*, je ne
» puis croire, que tu préférasses le sort
» d'un portefaix à celui de *Philomedon* »....
Franchement je ne voudrois ni de l'un ni
de l'autre...« Mais puisque tu fais si grand
» cas de l'égalité, pourquoi exiger de moi
» tant de choses, et t'exempter de tout ?..
» Je ne vois pas quels services tu rends
» à l'état. Tu ne professes aucun art, au-
» cun métier, aucune science; tu n'es ni
» cultivateur ni négociant; tu n'exerces
» aucune charge, tu ne fais rien, pas
» même ce que tu es à la fin convenu que
» je faisois : tu n'es pas même un frélon
» dans la république. Comment justifieras-
» tu cette inutilité ? »

On ne doit rien à personne, que ce qu'on en exige. Je n'exige rien des Corinthiens et de tous les Grecs et barbares ensemble, mais exactement rien, si ce n'est comme je te l'ai déjà dit, qu'ils me laissent vivre. Je ne leur dois donc rien au-delà. Je ne possède point de terres : je n'ai point de revenus. Je n'ai pas besoin de protection. Je ne vois donc pas ce que Corinthe ou toute autre société au monde auroit droit d'exiger de moi...

« Au moins *Synope*, ta patrie, a quelque » droit à tes services ? »... Précisément autant que *Babylone* ou *Carthage*..... Puisque la nature a bien voulu que je nâquisse, elle a dû me faire naître quelque part : l'endroit en lui-même est fort indifférent. Messieurs de *Synope* auroient été bien malhonnêtes de refuser à ma mère, qui étoit une jeune et jolie femme, la liberté de me mettre au monde dans leurs murs...

« Cependant tu as été élevé à *Synope* ; » l'éducation n'est-elle donc pas un » bien ? »... Oui, quand elle est bonne ; mais je ne saurois trop me vanter de la mienne. C'est à *Athènes* que j'ai reçu d'*Antisthène* ma véritable éducation, sans que pour cela j'aye plus d'obligation aux Athéniens ; car *Antisthène* ne recevoit d'eux que ce que je

reçois des Corinthiens. Le reste, et à vrai
dire le meilleur, je le dois à mon expérience. Je me le dois à moi-même...

« Mais tes ayeux n'étoient-ils pas de
» *Synope* ? La patrie n'auroit-elle donc au-
» cun droit sur les citoyens ? »..... Sur les
citoyens ? sans doute elle en a.... mais la
naissance ne me rend pas citoyen d'un état
en particulier, si je ne veux pas l'être. Enfans de la nature, libres, indépendans,
égaux en droits, égaux en devoirs, elle
nous a donné l'être sans nous imposer
d'autres obligations que celles qui résul-
tent du lieu naturel, qui nous unit à ceux
par qui elle nous a donné la vie et de cet
attrait sympathique, par lequel elle rap-
proche l'homme de l'homme. Les relations
sociales de mes parens ne peuvent me pri-
ver de mes droits naturels ; personne n'est
autorisé à m'y faire renoncer, tant que
je ne forme aucune prétention sur les
avantages d'une société particulière. Enfin,
il dépend de mon choix de vivre comme
citoyen d'un état ou comme citoyen du
monde...

« Qu'est-ce que tu entends par citoyen
» du monde ? »... Un homme tel que moi,
qui sans être attaché exclusivement à aucune société particulière, considère l'uni

vers comme sa patrie, et toutes les créatures de son espèce comme ses concitoyens,
ou plutôt comme ses frères, sans faire
attention aux différences accidentelles du
climat, de l'air, de la manière de vivre,
du langage, des mœurs, de la police et
des intérêts particuliers; qui sait que tous
ont reçu de la nature un droit sacré à ses
secours, lorsqu'il les voit souffrir; à sa
compassion, s'il ne peut les secourir; à
ses conseils, lorsqu'ils s'égarent; et à
une joye réciproque, lorsqu'ils se réjouis-
sent de leur existence.

Les préjugés, les penchans exclusifs,
l'avidité du gain, les passions qui enve-
loppent dans leur tourbillon tout ce qui
en est à portée, tels sont les motifs ordinaires de nos actions, tant que nous nous
considérons uniquement comme membres
de quelque société particulière, et que
nous faisons dépendre notre félicité de
l'opinion qu'elle a de nous. Et même ce
qu'on décore du nom de vertu dans ces
sociétés, n'est bien souvent qu'un vice
éblouissant au tribunal de la nature; et
les fastes de *Mégare* ou d'*Argos* offriront
peut-être à la postérité comme un homme
injuste et violent, comme un objet d'horreur, tel à qui *Athènes* ou *Lacédémone* élè-
vent des statues.

Le Cosmopolite seul est susceptible d'avoir pour tous les hommes une amitié sincère, impartiale et dégagée de tout mélange impur. Son cœur, que n'attiédissent point les passions particulières, s'agite bien plus fortement à la voix de l'humanité et du bien général. Son amour, sa sensibilité embrassent toute la nature. Il considère en quelque sorte avec un sentiment de reconnoissance, la source qui appaise sa soif, l'arbre touffu sous lequel il repose, et le premier qui s'approche de lui, fût-il du pays des *Garamantes*, est son concitoyen... Il est son ami, si son cœur l'en rend digne. Cette façon de penser et de sentir le dédommage amplement des avantages dont il se prive, en renonçant à adopter les passions ou les projets d'une société isolée.

Toutes ces superfluités, dont l'opulence et la volupté ont fait autant de besoins pour les favoris de la fortune, il a contracté l'habitude de s'en passer; il n'a d'autres besoins que ceux que la nature lui impose; aussi peut-il aisément subsister partout sans être à charge à personne. Le travail d'un jour lui fournit, s'il le faut, de quoi vivre toute une semaine, et les Corinthiens ou les Athéniens n'auront jamais la dureté de refuser une cabane, ou du moins le creux d'un arbre, à un homme qui ne nuit à personne.

Au reste, le Cosmopolite tel que je le dépeins, n'est point un être aussi inutile qu'on se l'imagine ordinairement. C'est votre faute, si vous ne faites rien de lui. Il ne peut trouver aucun avantage à vous flatter, à vous égarer, à vous affermir dans vos folies; il n'a rien à gagner à votre ruine. Qui donc est plus en état que lui, de vous dire des vérités dont vous avez presque tous si grand besoin?.... Et ce seroit certainement là un des plus impor-tans services qu'on pourroit vous rendre, si vous étiez assez sages pour profiter des bons conseils...

Par exemple, *Philomedon*, pour que tu n'ayes pas entièrement perdu ton tems avec moi, j'ai bonne envie de te ren-voyer chez toi avec une petite leçon qui vaudroit au moins dix talens;.... et je te la donnerai pour rien.... « Qnelle est-elle, » *Diogène?* ».... Tu as tout au plus trente-cinq ans. Tu es encore assez jeune pour devenir un honnête-homme. Renonce à tes parasites, ces vils polissons qui admi-rent tout ce que tu dis, qui trouvent bien tout ce que tu fais pour avoir droit d'aller se rassasier chez toi deux ou trois fois par semaine. Employe seulement la sixième partie du jour à acquérir des connoissances, par lesquelles tu puisses te rendre utile à la République. Comme tu es un des plus riches citoyens, tu es aussi plus intéressé que mille autres au bonheur de l'état, dont tu retires de si grands avantages... Ou si tu ne présumes point assez de toi-même pour cela, songe au moins que la nature qui nous a départi ou refusé suivant son caprice, la beauté, la force, la raison, le génie et ses autres dons, a cependant laissé la bonté du cœur en notre pouvoir. Tes richesses employées à des actes de bienfaisance, (et tu en trouveras de fréquentes occasions), te gagneroient le cœur de tes concitoyens, et ta conservation seroit l'objet des vœux universels.... Qui pourroit balancer un moment à se procurer de si grands avantages pour une chétive poignée d'or ?

CHAPITRE XXIX.

UN homme sage n'est rien moins qu'ennemi du plaisir... Si quelque Misantrope atrabilaire et sombre soutient le contraire, qu'il s'adresse à *Hippocrate* ou à *Démocrite*

Il seroit superflu de combattre son opinion. C'est d'hellébore, c'est de boissons rafraîchissantes qu'il a besoin.

Pourquoi haïrions-nous le plaisir ? quel don plus cher avons-nous reçu des Dieux ? Pourquoi nous ont-ils donné cette existence passagère ? En vérité, si leur intention n'a pas été, qu'elle fût pour nous une source de plaisirs, ils nous ont fait un présent bien équivoque.

O sagesse !..... O vertu !.... honorables noms, qui signifiez si peu dans la bouche de la multitude !... O sagesse ! n'es-tu pas la route la plus sûre, qui conduise au plaisir ? Et toi, ô vertu, n'es-tu pas le meilleur moyen d'en jouir ?...

Quelles sont les obligations les plus sacrées d'un Souverain ? N'est-ce pas de rendre la République heureuse ? Et s'il a le bonheur d'y conserver la paix ; s'il excite l'industrie et les arts ; s'il encourage le commerce ; s'il honore les sciences ; s'il récompense le mérite ; si, par de sages instructions, il pourvoit à ce que les sujets, dans lesquels l'État périssant doit revivre, reçoivent une bonne éducation ; si dans les tems d'abondance il prévient les disettes futures ; s'il prépose d'honnêtes gens au maintien des loix ; aux divers

Diogène.   K

emplois de l'État; s'il répand la raison,
les mœurs, le goût et la sociabilité; enfin s'il ne néglige rien de ce qu'un véritable père de la patrie peut et doit faire,
et s'il joint à tout cela assez de sagesse,
de pouvoir, de bonne volonté, pour porter ses instructions à leur plus haut dégré
de perfection, c'est-à-dire, s'il peut
écarter des enfans de la patrie tous les
maux qui les menacent et leur procurer
la jouissance de tous les biens que les
Dieux ont accordés aux mortels... aura-
t-il fait autre chose, que mettre des milliers, ou des millions d'hommes dans
une situation telle qu'ils puissent *se réjouir
de leur existence ?*

Toute vertu publique ou particulière a
pour objet, d'opérer quelque bien, ou
d'empêcher quelque mal, ou de le répa-
rer... mais analysez ce mal et ce bien;
l'un vous donnera toujours pour résultat
la douleur, et l'autre le plaisir.

Quel est l'objet des travaux assidus, des
sueurs longues et pénibles de ce père in-
fatigable ?... N'est-ce pas de se livrer
à la joye avec sa famille au premier jour
de fête? Le journalier fatigué repousse par
ses chants bruyans et joyeux le sentiment de sa laborieuse vie... - couché

sons un arbre touffu, il offre sa poitrine
brûlée par le soleil, au souffle rafraîchis-
sant du Zéphir... Il goûte un plaisir
ignoré des favoris de Plutus, et... s'il est
surpris tout-à-coup par la brune moisson-
neuse, ils se livrent à des amusemens,
peut-être plus innocens que les vôtres,
quelque consommés que vous soyez dans
les rafinemens de la vie; et ils oublient
ensemble qu'il y a au monde des êtres,
dont le bonheur surpasse en apparence
celui que mes bonnes gens éprouvent en
effet. Le *Nepenthé d'Homère*, cette plante
enchantée qui nous procure un doux oubli des chagrins présens, des peines passées et des soucis de l'avenir, ...c'est
le plaisir. Que la plus grande partie du
genre humain seroit à plaindre, si, de
tems en tems, la Nature compâtissante
ne répandoit sur les misères de la vie
quelques gouttes de sa liqueur enchan-
teresse ! Nous autres Grecs, nous croyons
si fermement que la joie est le bonheur
suprême des humains, que la formule
ordinaire, que nous employons pour sa-
luer nos amis, est de leur souhaiter de
la joie.

Quel est donc celui qui ose désaprou-
ver nos sacrifices à cette Divinité bien-

faisante ?... C'est, comme je le disois, un fiévreux en délire, ou... quelque chose de pis... c'est un fripon.

Si j'étois dans le cas de donner des conseils à un Prince, ce que je lui recommanderois le plus fortement, seroit de tenir son peuple en belle humeur... Les gens à courte vûe ne peuvent appercevoir combien ce point est important. Une nation gaie fait tout ce qu'elle doit faire, plus volontiers et mieux qu'un peuple triste ou mélancolique, et... (soit dit entre nous, messieurs les pasteurs des Nations) elle est capable de souffrir vingt fois plus qu'une autre. Vos Majestés peuvent hardiment en faire l'épreuve.

Quand les Athéniens sont de bonne humeur, une Comédie, une nouvelle Danseuse, un *Vaudeville* nouveau, effacent le chagrin qu'ils ressentent d'une bataille perdue, ou de la mauvaise administration de leurs revenus. *Alcibiade* fit d'eux ce qu'il voulut, parce qu'il eut le secret d'imaginer sans cesse quelques nouveaux amusemens qui leur faisoient oublier tout le mal qu'il leur causa... Opprimez-nous un peu ; à la bonne heure : nous en ferions peut-être autant à vos

tre place... Mais si vous ne voulez ré-
voltcr notre patience, permettez-nous
au moins de rire de nos calamités, pour
les alléger quelque peu. Autrement,
vous les aggraverez sans le moindre pro-
fit pour vous.... Et, pour m'exprimer
aussi poliment que possible, ce procédé
seroit peu *courtois*.

Un peuple joyeux, un peuple sensible
aux traits ingénieux et aux plaisirs gais,
se laisse gouverner beaucoup plus aisément que celui qui est triste; il a infiniment moins de penchant pour les sédi-
tions, les troubles et les révolutions. Le
fanatisme politique et le fanatisme reli-
gieux, ces monstres capables d'ênfanter
les plus funestes catastrophes parmi les
nations, ne trouvent aucune ouverture,
pour pénétrer chez ce peuple, ou, s'ils y
pénétrent, ils cessent d'être dangereux.
S'élève-t-il dans un cerveau troublé quelque vapeur atrabilaire, on en plaisante,
on en raille... et tout est oublié. La même vapeur, montée à la tête de quelque
individu chez un peuple misanthrope,
suffira dans de certaines circonstances,
pour ébranler la constitution de l'État, ou
faire voler pour le moins une demi-dou-
zaine de ses meilleures têtes.

K 3

Quand la vertu prend un aspect grave
et empesé, disoit *Démocrite*, c'est un triste
symptôme pour le bonheur d'une nation.
C'est alors qu'un démon malfaisant plane
au-dessus d'elle et porte sur ses ailes
éployées une foule de maux. Sans être
un *Tirésias*, ajoutoit le vieillard, je pré-
dirai à cette nation son sort avec une
conviction parfaite, et l'avenir ne me dé-
mentira surement point. O peuples infortunés ! vous tomberez dans la stupidité
et la barbarie ! vous vous nourrirez de
glands et de chardons. Vous éprouverez
des désastres, qui feront frémir la Nature
et la raison... Et si vous voyez que les
foubes, dont les dehors hypocrites vous
auront séduits, vivent dans le repos et
la joye, qu'ils pompent à eux toute la
substance de votre pays, qu'ils reposent
sur le sein de vos femmes ou entre les
bras de vos filles,... vous fermerez les
yeux, vous garderez le silence,... ou
vous aurez les yeux bien ouverts, et cependant il faudra vous taire, et vous laisser persuader que vous n'aurez exactement rien vû....

Croyez-moi, bonnes gens.... mais de
quoi me mêlai-je ?... croyez-en plûtôt
votre sensibilité (si vous souffrez qu'on

vous en prive, ou qu'on l'émousse, je
n'en puis mais...) la vertu, cette mère
des plus grands plaisirs, se concilie avec
tous les plaisirs innocens....

.... Et quels plaisirs sont innocens?...

Tu me le demandes, *Diophante* ?...

N'as-tu point de sens? point d'esprit,
point de cœur, n'éprouves-tu aucuns
rapports de sympathie ? N'es-tu capable
d'aucun penchant désintéressé ? Ne peux-
tu rien aimer que toi ?... Je te dirai
du moins quels plaisirs ne sont pas innocens.... Pourquoi rougis-tu ? Crains-tu
que je ne te rappelle le canapé de *Lysis-*
trata ? Rassure-toi... Plût aux Dieux,
que de tous tes plaisirs secrets, ceux-ci
fussent les plus condamnables !... Le
plaisir du mal d'autrui, le plaisir de voir
l'infortuné, que tu persécutes, embrasser
tes genoux; le plaisir, *Diophante*, d'avoir
étouffé un mérite naissant, qui te faisoit
ombrage; d'avoir noirci un homme vertueux qui t'éclipsoit, le plaisir d'avoir
gagné la confiance d'un Grand par de vils
artifices, ou d'avoir frauduleusement ar-
raché des mains d'un héritier famélique
et indigent la succession d'une vieille folle; le plaisir de faire le mal pour que le
bien, comme tu veux nous le persuader,

en résulte ... je te le jure par tous les
Dieux , ces plaisirs , *Diophante* , fussent-ils
les tiens , sont bien moins innocens que
ceux de ces jeunes étourdis que l'Aurore
surprend , dansant et jouant de la lyre ,
au milieu des pots et des verres et d'une
troupe de jeunes filles excédées.

CHAPITRE XXX.

Vous ne devinez pas où j'en veux
venir , *Eurybate* , avec cette apologie du
plaisir , à laquelle vous ne vous attendiez
pas de la part de *Diogène*. J'aurois moins
à perdre qu'un autre , pensez-vous , si les
graves personnages qui tirent vanité de
n'avoir jamais ri pendant toute leur vie ,
prenoient faveur dans le monde. Vous
vous trompez , il voudroient aussi-tôt me
ravir ma gaieté et s'ils y parvenoient ,
ils n'auroient qu'à prendre aussi ma vie ,
je n'en donnerois plus une fève.

Mais , franchement , il ne s'agit pas
tant de moi ici , que de vos fils et petits-
fils... Je réfléchissois en moi-même sur ce
qui arriveroit , si vous laissiez prendre le
dessus dans le Conseil de votre République à un certain parti de barbes grises ,
qui se plaignent nuit et jour de la dépra-

tion des mœurs et qui méditent, à ce que j'apprends, de faire exclure de Corinthe toutes les personnes de l'un ou de d'autre sexe, dont la profession consiste à procurer des amusemens aux autres. On fermera tous les temples et tous les sanctuaires, où l'on sacrifie aux Dieux du plaisir. Les Comédiens, les Mimes, les Danseuses, les joueuses de flûte seront chassés de la ville en un seul jour. Tel est l'avis rigoureux de ces Messieurs, qui ne se souviennent pas d'avoir été jeunes, ou qui ont pris en aversion des plaisirs, auxquels leur âge et peut-être leurs anciens excès les forcent de renoncer.

Je vous l'avoue cependant, *Eurybate*, je bannirois, tout aussi bien qu'eux, de ma République cette bande joyeuse, ou plutôt, je ne l'y admettrois jamais, si j'étois dans le cas de fonder une République à ma fantaisie.... Mais faut-il l'exclure de Corinthe ? c'est tout une autre question....

Les *Périclès* et les *Socrate*, les meilleurs et les plus sages des Athéniens, se rassembloient tous les soirs chez la belle *Aspasie*. On parloit de matières importantes, de ce ton animé qui chasse l'ennui ; quant aux bagatelles, l'esprit et la

bonne humeur les rendoient intéressantes.
Aspasie étoit l'ame de la conversation.
Les plus belles idées, les plus heureux
projets naissoient dans cette société, qui
paroissoit n'avoir pour objet que la dis-
sipation et le plaisir ; et souvent *Aspasie*
trouva le secret de réconcilier, sans qu'il
y parût, des esprits divisés, ou de mettre
fin à de petites mésintelligences, dont
les suites pouvoient devenir funestes à la
République. Dans un souper délicat, les
cœurs s'ouvroient tout entiers au plaisir
et à l'amitié. Le vin couloit dans de petits verres couronnés de roses, et réveil-
loit la gaieté Attique et les ris ingénieux.
La Philosophie apprenoit des Graces à
folâtrer. On disoit des choses dignes
d'être écrites par un *Xenophon*, et les
Muses, sous la figure de jeunes filles
charmantes, terminoient cette agréable
scène par la danse et le chant.... Croyez-
vous, *Eurybate*, qu'*Athènes* eût beaucoup
gagné à renvoyer *Aspasie* et ses compagnes, et à forcer les *Périclès* et les *Socrate*
à souper moins gaiement ?

La Grèce est remplie d'une foule de
statues et de peintures admirables; on y
trouve une infinité de chefs-d'œuvre de
ce beau idéal, qui élève l'esprit jusqu'

la perception des perfections célestes ;
mais croyez - vous qu'elle en seroit en
possession , si les mœurs eussent interdit
aux *Phryné* , aux *Théodote* , aux *Danaé* ,
de faire servir leurs charmes aux pro-
grès des Arts ? Et si nous bannissons de
nos murs les Muses et les Graces légères,
par quels amusemens remplacerons-nous
ceux qu'elles nous procurent ? ... Par
aucun , direz-vous peut-être. Il faut donc
refondre toute la nature humaine.....
Croyez-moi, les festins des Scythes et les
amusemens des Thraces prendront bientôt la place de ceux auxquels vous renon-
cerez. Bientôt votre esprit deviendra pe-
sant, votre commerce rude et grossier,
votre vertu sauvage , acariâtre et misanthrope. Vous aurez mis un frein aux ex-
travagances de vos jeunes gens : mais,
peu séduits par l'ennuyante majesté de
votre Morale, ils chercheront à se dédom-
mager d'une manière qui sera dix fois
plus pernicieuse à l'État et à eux-mêmes...
Les étrangers fuiront votre ville , qui
cessera d'avoir des attraits pour eux, et
les désœuvrés d'entre vos citoyens, que
vous aurez privés des moyens innocens
d'amuser leur inutilité, formeront sour-
dement de petites assemblées particu-

lières, où le seul ennui leur fera cen-
surer le Gouvernement, ourdir des in-
trigues et méditer des Révolutions.

Je n'ai, comme vous dites, rien à perdre à tout cela; mais si les Corinthiens
veulent m'en croire, ils conserveront
toujours leurs Comédiens, leurs Mimes,
leurs bâteleurs, leurs Musiciens, etc.
avec les petits inconvéniens, qu'entraîne
leur existence. Il y a trente moyens de
mettre des bornes aux excès que l'amour
du plaisir occasionne. Mais je n'ai point de
remèdes contre les maux qui les acca-
bleront, s'ils chassent de leur pays les
Muses et les Graces, avec toute leur
suite d'amours, de ris et de plaisirs. À
moins.... qu'ils n'ayent pour agréable de
reformer leur République d'après celle de
Lycurgue ou de Platon.... ou d'après la
mienne...à quoi cependant ils trouveront,
sur ma parole, quelques difficultés.

CHAPITRE XXXI.

Vous me demandez mon opinion sur
ces Dogmatiques, qui prononcent toujours décisivement dans les matières de
pure spéculation, qui ne doutent de rien,
qui ne conviennent jamais qu'il y a d'
chose

choses qu'ils n'entendent pas plus que
nous autres.... qui vous entretiendroient
toute une semaine d'être et de non-être,
de plein et de vuide, d'esprit et de matière, de causes et d'effets, qui vous
décriroient les *Régions inconnues* ; leur position, leur étendue, la nature du climat, le dégré de froid et de chaud,
leurs productions, les plantes, les animaux, les habitans qu'on y trouve, comment on y vit, quelle police on y observe,
ce qui s'y passa jadis, ce qui doit un
jour y arriver, le tout avec la même précision et la même assurance, que s'ils y
avoient été par la commodité d'une co-
mète, ou *Dieu sçait* par quelle autre voye
merveilleuse ? .... Voici mon opinion sur
ces gens-là.

J'entendis un jour dans le *Prytanée* un
hâbleur de cette espèce, possédant, à
l'en croire, la science universelle. Il parla
deux heures entières du mystère des
nombres de *Pythagore*. Nous écoutions
très-pieusement et nous n'y pouvions rien
comprendre. Cependant le Pythagoricien
reçut de grands applaudissemens. Il promit de parler le lendemain tout aussi sçavamment et aussi disertement de l'harmo-
nie des Sphères, et de la huitième Sphè-

Diogène. L

ré, et des choses merveilleuses qui se
trouvent au-dessus de la huitième Sphère.
Je riois de ma propre folie, et cependant, sottement curieux, je voulus sçavoir
ce que cet homme pourroit dire sur ces
matières, et je sacrifiai encore deux heures et dix dragmes pour me faire duper....
Voilà, me dis-je, aussi-tôt qu'il eut fini,
voilà les dix dernières dragmes que je
dépense, pour avoir des nouvelles de ce
qui se passe au-dessus de la Lune, dus-
sai-je vivre plus long-tems que *Titon*.

Quelques jours après je fis publier dans
Athènes, qu'un Sage de la Chaldée, nouvellement arrivé, peroreroit devant toute
la ville, dans le *Céramique*, à un certain
jour fixé....

Il s'y rassembla une foule prodigieuse
de peuple. Je m'étois déguisé de mon
mieux en Chaldéen. Une longue barbe
blanche et un manteau, où étoient peints
tous les monstres du Zodiaque, firent un
effet admirable... Dès que je parus, j'ins-
pirai la plus vive impatience d'entendre
les choses inouïes que je devois dire. Je
commençai à tousser et tout se tut. Je dé-
butai enfin et je parlai.... Je vous donne
dix jours, ou, si vous voulez, dix Olym-
piades, pour deviner ce dont je parlai...
de *l'Homme dans la Lune.*

Je ne manquai pas de préparer mes auditeurs, par un exorde, à ce que j'allois leur dire, et j'employai une tournure si pleine d'emphase, qu'ils furent tous très impatiens de me voir entrer en matière. Mais je ris encore, quand je me représente les expressions très comiques d'étonnement, de surprise, d'impatience et de vingt autres sentimens divers que m'offrit le grotesque assemblage d'une infinité de physionomies allongées, dès que j'eus annoncé que j'allois parler de *l'Homme dans la Lune.*

Ils se regardèrent les uns les autres, en répétant à voix basse.... *de l'Homme dans la Lune !* Tous, sans exception, eurent l'air de gens étrangement trompés dans leur attente... *de l'Homme dans l. Lune !* Oui, *de l'Homme dans la Lune,* m'écriai-je sans me déconcerter; du sujet le plus merveilleux, le plus important, le plus mystérieux, dont jamais mortel s'avisa de parler à un mortel. *De l'Homme dans la Lune !* » Ce vieux barbon est un » fou, s'écria l'un d'eux assez haut, ou » il nous croit fous nous-mêmes ».... Peut-être l'un et l'autre, pensois-je intérieurement. Je vis près de la moitié des auditeurs sur le point de s'en aller....

L 2

» De la sagesse, messieurs, de la sagesse,
» dit alors, d'une voix rauque, un vieux
» savetier, qui lui-même avoit à peu-près
» la mine d'être originaire d'une Planète ;
» en attendiez-vous moins d'un Sage de
» *Chaldée* ? n'a-t'il pas annoncé qu'il par-
» leroit de choses inouïes ? Il faut l'enten-
» dre avant de le condamner. Je connois
» mon monde. Je suis sûr qu'il tiendra
» plus qu'il ne promet ; et justement,
» parce que la matière dont il veut parler,
» paroît folle, je gagerois ma tête, qu'il
» y a *anguille sous roche*. Qui sçait... Enfin
» les autres feront ce qu'ils voudront ;
» pour moi, je veux sçavoir ce que c'est
» que *l'Homme dans la Lune*.

Selon toute apparence, le savetier avoit
dit, présisément, ce que pensoit la plus
grande partie de l'Auditoire.... Il y eut
un moment de tumulte, et à la fin, il arriva que tout le monde resta et voulut
au moins entendre *ce qu'on pourroit bien
dire de l'Homme dans la Lune ?*... Je con-
tinuai, autant que je puis m'en souvenir,
à-peu près de la sorte.

Après ce que je vous ai annoncé, messieurs les Athéniens, il paroît que vous
êtes en droit d'exiger qu'avant toutes
choses, je vous explique ce qu'il faut en-

endre par *l'Homme dans la Lune*, afin que chacun de vous, aussitôt que les inflexions des sons, qui composent ce mot, frapperont le tympan de son oreille, puisse y attacher une idée assez précise, pour qu'elle ne convienne à nul autre homme au monde qu'à *l'Homme dans la Lune*.

Rien de plus simple, en apparence, que ce que vous me demandez-là, Messieurs les Athéniens; mais au fond, rien de si difficile que de vous satisfaire. Vous pourriez également exiger de moi, de faire entrer tout l'Océan dans une tasse et de la vuider à votre santé, comme si ce n'étoit qu'un verre de vin de Thasos.

Il y a beaucoup de choses au monde, qui, au premier coup-d'œil, ne paroissent pas avoir la plus légère difficulté. Nous croyons les connoître, comme la mère qui nous a donné le jour; mais, s'agit-il d'en parler sensément, un homme se voit à-peu-près obligé de refermer la bouche sans avoir rien articulé, quelque grande qu'il l'ait ouverte. Par exemple, quoi de plus aisé que de dire : *nous allons parler de l'Homme dans la Lune*; ou bien, *écoutez donc ce que l'on peut dire sur l'Homme dans la Lune?* Mais, j'en ap-

L 3

pelle à ce que vous éprouveriez vous-
mêmes dans ma position : où en seriez-
vous, mes amis, si vous vous étiez en-
gagés à parler de choses qui ne tom-
bent point sous les sens, et dont il est
cependant impossible de concevoir la
moindre idée, si ce n'est par le secours
des sens ? A parler sincèrement, quoiqu'il me convienne, en qualité de Philosophe, de ne jamais montrer la moindre méfiance sur l'universalité et l'infailli-
bilité de mes lumières, cependant me
voilà dans un assez grand embarras. C'est
de sçavoir, si je parlerai d'abord de l'existence de *l'Homme dans la Lune*, ou si je
commencerai par des considérations sur sa
possibilité. Pour qu'il puisse réellement
exister, il faut bien qu'il soit possible, et
pour qu'il soit possible, il faut absolument qu'il puisse exister. Voilà le nœud !
Quand je dis : l'Homme dans la Lune est
possible ,... ou je ne pense à rien de ce
que je dis, (ce qui, certainement, est
le plus commode) ou je suppose en effet
qu'il est : sans quoi, pourrois je dire *qu'il*
est possible ? C'est exactement comme si
je disois : l'Homme dans la Lune est bleu,
ou il a le nez gros, ou c'est un bon-
homme ;... car, dans tout cela, je suppose

qu'il existe un Homme dans la Lune ; au-
trément il seroit ridicule d'affirmer
qu'il est ceci ou cela, et tout autant
vaudroit dire : La chose qui n'est pas,
est quelque chose.... D'un autre côté, si
je dis : l'Homme dans la Lune existe, je
suppose sa possibilité, dont, cependant,
je ne puis rien dire de positif, tant que
je ne l'aurai pas examinée... si je l'exa-
mine, me voilà aussi-tôt retombé dans ce
maudit cercle, où je vas et viens éternellement de la possibilité à la réalité et
de la réalité à la possibilité ; jusqu'à ce
qu'enfin la tête me tourne au point d'oublier toute la Nature, l'Homme dans la
Lune et mon propre individu. Dans cet
état de la question, je ne sçais rien de
mieux pour vous et pour moi, que de
sortir d'embarras, ou par un simple : *je
ne sçais* (et je perdrois la tête plûtôt que
d'en passer par-là), ou de prendre notre
essor et d'affirmer tout uniment avec autant de confiance, que faire se pourra,
que l'existence de l'Homme dans la Lune
n'est pas moins bien établie que celle de
Mercure Trismégiste, ou de tout autre homme au monde, et cela d'autant plus, qu'il
n'y a en effet nul autre homme au monde
à qui l'on ne puisse disputer son exis-

tence sur le même fondement. Sous ce
point de vûe, je l'avouerai, la preuve
du profond *Héraclite* me paroît toujours la
plus satisfaisante. Ce Philosophe tranche
ainsi la difficulté. « Il faut, dit-il, de
» toute nécessité, que l'Homme dans la
» Lune existe; car s'il n'existoit pas, com-
» ment, je vous prie, s'y prendroit-il
» pour être l'Homme dans la Lune ? »

Nous voilà donc très-heureusement dé-
gagés de cette première difficulté; mais
il se présente d'abord une autre question,
qui, tout bien considéré, n'est pas moins
difficile à résoudre. Quand on est, il
faut bien qu'on soit d'une *certaine manière*.
Si l'Homme dans la Lune existe, *qu'est-
il donc* ?

Ici, Messieurs, je vous prie de me
prêter toute l'attention, dont vous pouvez
être capables, parce que c'est ici que
je vais vous ouvrir la porte secrète du
sanctuaire de la Métaphysique.... La voilà
qui s'ouvre ! Vos regards se précipitent
avec avidité, mais une nuit impénétra-
ble semble leur opposer un obstacle éter-
nel. N'en soyez point découragés. Nous y
regarderons, jusqu'à ce que nous voyions
quelque chose... voilà le grand mystère

que je viens de dévoiler à vos yeux ; vos
Philosophes jetteront feu et flammes; mais
je ne m'en soucie guères. Regardons toujours, messieurs, regardons : nous n'avons
que ce moyen de faire des découvertes
dans une terre inconnue...

Ne voyez-vous encore rien ?... Eh bien,
mettons préalablement nos yeux dans la
disposition convenable. Ecoutez ! la première fois que je m'occupai de *l'Homme
dans la Lune*, je ne sçavois par où commen-
cer ; je m'adressai à tous les Philosophes
et je leur demandai ce qu'ils en sçavoient?...
L'Homme dans la Lune ! me dit le premier
que j'interrogeai ; il n'est pas si aisé d'apprendre à le connoître : mais si vous êtes
déterminé à tenter l'aventure, tout dépend d'un seul point. C'est que vous dé-
couvriez *qu'il est*,... *et comment il est*...C'est
justement cela, repliquai-je.

J'allai de maison en maison , pour entendre ce qu'on me répondroit sur ces
deux questions ; et j'éprouvai alors combien le vieux Proverbe dit vrai :... *autant
de têtes*, *autant d'avis* : si ce n'est que je
trouvai à la fin, que j'avois recueilli encore
plus d'avis, que je n'avois consulté de têtes.

» *L'Homme dans la Lune*, disoient quel-
» ques-uns, n'est pas réellement ce qu'on

» appelle un homme. On pourroit aussi
» bien dire : la femme dans la Lune , quoi-
» que cet être , à proprement parler , ne
» soit ni homme ni femme... Car suppose
» que ce fût un homme , il faudroit qu'il
» eût une femme, ou sa virilité manqueroit
» de raison suffisante. Or on n'a jamais en-
» tendu parler d'une femme dans la Lune ,
» ni de la femme de l'Homme dans la
» Lune; donc , etc... »

« La vérité est, qu'il n'a absolument au-
» cune analogie avec nous, disoit un autre.
» Cela est impossible, repliquoit un troi-
» sième ; il doit certainement nous ressem-
» bler plus qu'à une huitre ou qu'à un
» *Titanokeratophyte.* Je prouve ma Thèse,
» reprit l'autre. Tout ce qui est sous la
» Lune, n'est pas dans la Lune et récipro-
» quement ; et il faut qu'il y ait une rai-
» son, pour que cela soit plutôt sous la
» Lune que dans la Lune , où cela se trou-
» veroit peut-être tout aussi bien; or tout
» le monde convient que l'Homme dans la
» Lune... est dans la Lune; donc... Alte-
» là , interrompit l'autre , s'il est dans la
» Lune , *Concedo;* mais je soutiendrois
» hardiment qu'il passe peut-être les deux
» tiers de l'année dans Vénus , ou qu'il

» séjourne au moins pendant l'hyver, qui
» dans la Lune doit être assez froid... Quelle
» pitié ! dit l'autre. Comment prouverez-
» vous cela, puisqu'il n'y a ni froid, ni
» chaud absolu ? Naturellement, l'organi-
» sation de l'Homme dans la Lune doit être
» analogue au séjour qu'il habite, et com-
» me cette Planète, suivant tous les As-
» tronomes, est humide et froide, l'Homme
» dans la Lune doit être complètement
» phlegmatique ; et cela posé, je vous
» laisse à imaginer ce qu'on pourroit faire
» de lui dans Vénus, qui est la Planète
» de l'Amour. »

  » Messieurs, dit un quatrième, vous
» parlez bien hardiment de l'Homme dans
» la Lune, et, cependant, je suis sûr
» que vous n'en sçavez pas plus que moi,
» c'est-à-dire, autant que rien. Car je
» soutiens que, pour s'en former une juste
» idée, il faudroit avoir un sens de plus
» que les cinq ou six que nous avons.
» L'Homme dans la Lune, pour me con-
» former à notre façon de parler, n'est ni
» petit, ni grand, ni froid, ni chaud,
» ni aigre, ni doux, ni blanc, ni noir...
» Il est... ma foi, *Il faudroit être lui-même*
» *pour sçavoir ce qu'il est !* »

  L'opinion de ce dernier menoit tout

droit au Scepticisme, et de tout tems, nous autres Dogmatiques, nous avons détesté le Scepticisme autant que la Communauté des tailleurs déteste par état la Secte à demi-nue des *Gymnosophistes*. Cependant, après tout ce que ces doctes personnages m'avoient dit, je n'étois ni plus ni moins instruit qu'auparavant. Je résolus donc d'éprouver jusqu'où mes propres réflexions pourroient me conduire dans une matière aussi obscure.

Il est évident, me dis-je à moi-même, que chaque chose est ce qu'elle est. Je puis donc, sans le moindre scrupule, établir que l'Homme dans la Lune *est l'Homme dans la Lune*. Accordez-moi cela seulement, et me voilà déja plus avancé que vous ne pensez peut-être... Car j'en conclus qu'il n'est donc pas l'Homme dans Mercure, ni dans Mars, ni dans Jupiter, ni dans Saturne... etc. qu'il n'est pas davantage l'Homme dans le Zodiaque, ni dans la voye lactée, ni dans la région du feu, ni dans le vuide, ni dans le cahos... mais qu'il est réellement et constamment *l'Homme dans la Lune*; et dès qu'il est cela, il n'est pas non plus de l'espèce des poissons, ni des oiseaux, ni des amphibies, ni des insectes.. Il ne peut ni nager, ni voler...

quoique,

quoique, à vrai dire, je ne voulusse pas
affirmer trop positivement le dernier point,
car il est très-possible que l'on nage dans
la Lune sans nageoires, et que l'on y vole
sans ailes, où même il pourroit avoir des
ailes et des nageoires et, n'en être pas
moins l'Homme dans la Lune...

Je n'ose pas davantage décider, uniquement d'après son identité avec lui-
même, s'il vit, comme nous, de ce qu'il
boit et de ce qu'il mange, ou s'il vit d'air,
comme l'oiseau de Paradis ou des rayons
du soleil, comme le Phœnix, ou d'idées,
comme les esprits de *Platon*... S'il perpétue
sa race ou non, et dans le premier cas,
s'il lui faut pour cela une femelle de son
espèce, ou si, comme le limaçon, il peut,
lui seul, engendrer son semblable, ou
s'il se reproduit par des racines, ou par
des oignons, ou par des boutures, ou par
des rejettons, ou par des œufs, ou par des
embryons vivans... ou si, peut-être, tel
que le Phœnix, toujours unique dans son
genre, de tems en tems il renaît de ses
cendres. S'il est petit ou grand, gras ou
maigre, blond ou brun, bien ou mal-fai-
sant, sçavant ou ignorant, bon ou mauvais Poëte, s'il est bon Danseur, bon
Écuyer, s'il joue bien au quadrille... etc.

Diogène. M

Je crains bien qu'on ne puisse répondre
d'une manière satisfaisante à toutes ces
questions, et à vingt autres semblables,
que le plus médiocre génie peut se faire
à lui-même, tant que nous n'aurons pas
trouvé moyen d'apprendre à connoître
plus particuliérement ce que c'est que cet
Homme dans la Lune. Au reste, générale-
lement parlant, je serois assez porté à
croire que, s'il est seul dans la Lune, comme on a coutume de le supposer, il doit
assez souvent s'y ennuyer, et qu'à vue
de pays, il ne sera pas homme d'un commerce fort réjouissant...

Cependant, je le répète, messieurs, c'est
à celui d'entre nos Aventuriers Philosophes,
qui sera assez adroit ou assez heureux
pour découvrir le chemin de la Lune, s'il
y en a un, ou pour s'y frayer lui-même
une route, s'il n'y en a point, et ensuite
(ce qui ne me paroît pas moins important)
pour trouver les moyens de revenir, après
qu'il y aura demeuré assez long-tems,
pour avoir pu faire une quantité suffisante
d'observations ; c'est à ce rare mortel, dis-
je, qu'est exclusivement réservé l'honneur
de donner une solution satisfaisante de
tous les problêmes qu'il est possible de
proposer sur ce fameux Homme dans la

Lune ; supposé toujours, qu'avec des sens tels que les nôtres, il soit possible de faire une découverte quelconque sur un homme tel que l'Homme dans la Lune...

Vous voyez, mes bons Athéniens, que je n'ai pas abusé de votre attention, que j'ai tout examiné avec soin, et que je n'ai peut - être fait plus que vous ne pouviez équitablement en attendre de moi. J'ai peu de confrères, qui se fussent expliqués aussi ingénuement et qui eussent employé aussi peu de subterfuges, pour vous convaincre sçavamment *qu'ils ne sçavent ce qu'ils disent.*

Au reste, quel que soit l'Homme dans la Lune, je me flatte de ne l'avoir offensé lui-même en aucune manière, par tout ce que j'ai dit de lui, ou plûtôt par tout ce que je n'en ai pas dit. Il auroit pû se trouver choqué, si j'eusse eu l'insolence *de bâtir un Systême sur son compte* et de vous détailler, avec l'effronterie ordinaire à mes camarades, sa figure, sa couleur, son organisation, ses facultés, ses mœurs, sa façon de vivre, sa religion, enfin tout ce qu'il est et qu'il n'est pas.... mais que pouvois-je dire de lui, qui fût plus innocent que... rien du tout ?

Je terminai ainsi mon discours, et je

me glissai derrière la Scène, pour voir
avec plus de sécurité l'effet qu'il produiroit.
Mes Athéniens, qui, vraisemblablement,
avoient toujours espéré que le meilleur
alloit venir, restèrent bien sots, quand
ils se virent abusés dans leurs espérances.
Je les vis pendant quelques instans entièrement stupéfaits, le cou allongé, la bouche entr'ouverte, et les yeux fixés sur la
tribune, où le Chaldéen s'étoit tenu; mais
lorsqu'ils se furent bien assurés, qu'ils ne
devoient plus rien attendre, il s'éleva
d'abord un murmure confus, qui s'aug-
menta insensiblement et finit par éclater
en un vacarme universel. Chacun dit et
soutint son opinion sur cette aventure,
sur le but que le Chaldéen pouvoit avoir
eu dans son discours, sur ce qu'il y avoit
de bon ou de mauvais, sur sa mine, sur
sa barbe, enfin sur l'Homme dans la Lune
lui-même, et sur ce qu'il falloit soupçonner là-dessous; car on étoit généralement
porté à croire que cette enveloppe couvroit un secret. Le tumulte s'accrut, on
se querella, on cria, tous dirent leur
sentiment à la fois; et comme ceux qui
étoient les plus foibles d'opinion et de
raisonnement, étoient justement les plus
vigoureux d'épaules et de bras, finalement

on en vint aux coups. Peu s'en fallut
même que l'Homme dans la Lune n'occa-
sionnât dans Athènes une révolte générale.... Que les Athéniens sont enfans,
s'écria un des plus sages, en se retirant
à propos! Vous ne voyez donc pas encore,
que le Chaldéen n'a eu d'autre dessein,
que celui de se moquer de vous et de
vos Philosophes.

CHAPITRE XXXII.

Dans un des beaux jours de l'automn-
ne, je reposois, couché à l'ombre d'un
cyprès, dans le *Cranion*. (*) Je m'échau-
fois aux rayons du soleil, si agréables aux
vieilles gens dans cette saison de l'année.
J'étois absorbé dans ces rêveries, aux-
quelles je m'abandonne, quand je ne scais
à quoi penser. Tout-à-coup j'en fus tiré
par un inconnu, qui vint à moi environné
de quelques autres, qui avoient l'air d'être
quelque chose de plus que ses esclaves, sans
être cependant ses égaux. D'abord je n'y
fis pas trop d'attention; mais dès qu'il m'eut
adressé la parole, je m'apperçus que quelqu'un m'interceptoit les rayons du soleil.

Il me mesura des yeux avec une cer-

(*) Place publique, peu éloignée de Corinthe.

M 3

taine assurance, et me dit : » Es-tu ce
» *Diogène*, dont le caractère et la singula-
» rité sont si célèbres dans toute la Grè-
» ce ? »

Je le considérai à mon tour avec un
peu plus d'attention qu'auparavant. C'étoit
un jeune homme de bonne mine, de
moyenne taille, mais bien fait, quoiqu'il
eût le défaut de pencher un peu la tête
sur l'épaule gauche. Il avoit le front lar-
ge, de grands yeux étincelans qui vous
pénétroient jusqu'au fond de l'ame, une
physionomie heureuse, enfin cet air de
fierté et d'assurance, tempéré par certaines
graces, qu'on appelle communément majesté dans les rois. Je remarquai sur sa
tête un diadême qui justifioit ses manières;
mais je ne fis pas semblant de m'en être
apperçu... Et qui donc es-tu, lui repliquai-je froidement, pour prétendre avoir
droit de m'interroger ?... « Rien qu'*Alexan-*
» *dre*, fils de *Philippe de Macédoine*, répon-
» dit le jeune homme en souriant ; cela
» n'est pas encore beaucoup, je l'avoue ;
» mais quelque peu que ce soit, *Diogène*
» en peut disposer. Je sçavois que tu ne
» viendrois point à moi. Je viens donc
» moi-même te chercher, et te dire que
» je contribuerai, avec joie, à mettre un

» Philosophie dans une position plus com-
» mode. Demande-moi ce que tu voudras;
» tu l'obtiendras à l'instant, ou cela pas-
» sera mon pouvoir. » M'en donnez-vous
votre parole royale, lui dis-je? « Sur ma
» parole, repliqua-t-il. »

Je supplie donc *Alexandre*, fils de *Philippe
de Macédoine*, de vouloir bien s'ôter un
peu de mon soleil.

» Est-ce là tout ? dit *Alexandre*. »... Oui,
tout ce dont j'ai actuellement besoin. Les
Courtisans pâlirent d'effroi. « Un roi doit
» tenir sa parole, dit *Alexandre* avec un
» sourire forcé, en se tournant vers sa
» suite... » Il est digne du surnom que les
Corinthiens lui donnent, dirent les Courtisans : il mérite qu'on le traite en conséquence... « Gardez-vous-en bien, repli-
» qua le jeune homme. Je vous assure
» que, si je n'étois *Alexandre*, je voudrois
» être *Diogène*. » Après cette petite conversation, il se retira, suivi de toute sa
Cour.

L'aventure fera du bruit. Ce n'est pas
ma faute. Car, très-sérieusement, que
pouvois-je lui demander ?... Je ne veux rien
avoir à démêler avec ses pareils... En
vérité, je n'ai pas le moindre besoin... Et
si j'étois dans l'embarras, n'ai-je pas un

ami ? Accepterois - je les bienfaits d'un
Prince, moi qui n'en reçois point d'un
ami, que je comblerois de joye en recou-
rant à lui ?

Mais ce jeune homme me plait... s'il
nous faut des rois, autant vaut-il en avoir
qui lui ressemblent... Je suis persuadé,
qu'il vouloit me mettre à l'épreuve... il
a cependant trouvé ma prière étrange...
Il est juste qu'il aime miéux être *Alexandre*
que d'être *Diogène*; à sa place, je pense-
rois de même; mais qu'il voulût être *Dio-*
gène, s'il n'étoit *Alexandre*, cela lui fait
honneur dans mon esprit... Que ce jeune
homme va fournir aux Grecs d'occasions
de parler de lui ! Il s'est fait choisir par
eux pour leur Général en chef contre le
grand roi... Quel heureux prétexte pour
un jeune ambitieux, à qui la Macédoine
et la Grèce semblent un théâtre trop res-
serré !... Ah ! s'il étoit maître de l'univers,
et qu'il pensât comme *Diogène* !

CHAPITRE XXXIII.

J'étois couché hier sur mon lit de repos, que vous connoissez, et je ne songeois à rien moins, qu'à recevoir la visite
d'un roi. Tout-à-coup j'entendis souleve-

le loquet de bois qui ferme ma cabane.
La porte s'ouvrit et *Alexandre* entra, absolument seul, une petite lanterne à la
main... Je me levai en lui disant : soyez le
bien - venu. « Tu es un homme singulier,
» me dit-il, je te cherche, et cependant
» j'ai peu sujet d'être content de toi ; car
» tu m'as presque fait faire un souhait in-
» sensé »... Puis-je sçavoir ce que c'est ?..,
« De cesser d'être roi pour être *Diogène*,
» et pour pouvoir humilier les rois, com-
» me tu fais. »... Pardonnez-moi, *Alexan-*
dre, ce n'étoit pas mon dessein ; je m'étois
mis au soleil, lorsque vous arrivâtes ; ses
rayons m'échauffoient si agréablement,
que je fus affligé de me voir privé d'un
plaisir qui est si peu de chose pour un
roi. Vous n'aviez pas besoin de moi. Je
n'avois rien à vous demander ; et j'y aurois réfléchi une demie-heure sans songer
à vous faire aucune autre prière, que
celle de vous ôter un peu de mon soleil..,
« Eh bien ! si tu es le Philosophe le plus
» singulier que j'aye jamais trouvé, je
» suis peut - être aussi le Roi le plus sin-
» gulier que tu ayes jamais vû. Tu me
» plais. Je voudrois pouvoir te persuader
» de courir les aventures avec moi. J'ai
» besoin d'un honnête mortel qui me dise
» la vérité... »

Chacun doit jouer son rôle, ô *Alexan*-
dre ! je ne serois plus *Diogène*, si je vous
accompagnois ; mais si vous le desirez , je
puis vous pourvoir pour votre voyage d'autant de vérités qu'il vous en faudroit,
dussiez-vous devenir maître de l'univers
entier...

« Entre nous, je n'en médite pas moins.
» ...J'ai des idées que je ne puis m'arra-
» cher de la tête. La Macédoine est moins
» que rien ... la Grèce... quelques ar-
» pens de terre de plus... L'Asie mineu-
» re, l'Arménie, la Médie , les Indes,...
» c'est quelque chose. Mais quand nous
» l'aurons , autant vaudra nous emparer
» du reste. Enfin, je considère le monde
» comme fait d'une seule pièce. Les êtres
» qui l'habitent , n'ont tous ensemble be-
» soin que d'un seul chef ; ce chef... je
» sens que je suis fait pour l'être. »

Je ne garantirois pas que, lorsque vous
y serez parvenu , la fantaisie ne vous
prenne de passer dans la Lune et les autres Planètes, au moyen d'un pont , et
de conquérir ainsi tout le Système solaire
qui semble également former un tout ; et
suivant vos principes , vous ne pouvez
manquer d'y avoir droit, dès que vous
serez maître de notre globe...

« Je ne formerai jamais de projets in-
» sensés , *Diogène*. Mon dessein est si
» beau , si grand , et d'une exécution si
» facile , que si je m'étonne de quelque
» chose, c'est de l'avoir conçu le premier. »
Je vais vous faire rire, *Alexandre ;* mais je
vous assure que j'aurois eu précisément la
même idée, si, à votre âge et dans des
circonstances aussi heureuses, j'eusse été
Roi. Les cœurs des Grecs sont dans vos
mains, et avec trente mille Grecs , un
jeune homme comme vous doit aisément
venir à bout de la terre entière... Mais
qu'est-ce que vous en ferez ?....

« La belle question pour un Philoso-
» phe ! Ce que j'en ferai ?... ce qu'il me
» faudroit faire de la Macédoine et de
» l'Épire, si je n'avois rien de mieux.
» Tout est déja arrangé dans ma tête.
» J'attire les peuples non civilisés dans
» les villes nouvellement fondées. Je leur
» donne les loix que je crois leur être
» les plus convenables. Je bâtis des villes
» de Commerce, j'établis des Colonies sur
» tous les grands fleuves , sur toutes les
» côtes de la Mer. Je réunis, par d'utiles
» communications, toutes les contrées du
» Continent. Je donne à l'Univers entier
» un seul et unique langage, et ce sera

» le nôtre : j'y répands nos sciences, nos
» arts, et pour embrasser d'un coup-d'œil
» toute la machine et la tenir en action, je
» fonde une grande ville au centre de mes
» conquêtes. Elle sera le point de réunion
» de toutes les nations, de leurs intérêts
» divers et de leurs relations respectives,
» l'ame de leurs mouvemens, l'assemblage
» de tous les trésors de la nature et de
» l'art; j'y place le tribunal des *Amphic-*
» *tions* du genre humain, l'Académie uni-
» verselle des plus sublimes génies; en
» un mot, j'en fais la Capitale du monde
» entier et la résidence d'*Alexandre*... »

Et combien de tems, ô fils de *Philippe*,
croyez-vous que durera ce grand ouvrage?... « Aussi long-tems qu'il y aura un
» *Alexandre* pour le régir... ce plan res-
» semble à une fanfaronade ; mais toi,
» mon cher *Diogène*, je suis persuadé que
» tu l'estimes ce qu'il vaut. Je suppose
» que l'inconstance des choses humaines,
» ou bien plûtôt l'inconséquence et la lé-
» gèreté des hommes, qui, à la fin, se dé-
« goutent de la félicité même, interrom-
» pent dans peu la durée de mes insti-
» tutions. Cependant les avantages que
» je procurerai au genre humain, embras-
» seront plusieurs siècles, et j'aurai tou-
                                    » jours

» jours le plaisir d'avoir donné une sorte
» d'immortalité au songe passager de mon
» existence, par les plus vastes entrepri-
» ses qu'ait jamais conçues l'ame d'un
» mortel . . . »

Mais les difficultés de l'exécution ? . . .
« Difficultés ! laisse-moi le soin d'y pour-
» voir. Accorde - moi seulement dix an-
» nées : alors viens et vois . . . »

Mais tout ce qu'il en coûtera de têtes ,
avant que vous ayéz rendu tant dé peuples divers assez dociles , pour se laisser
gouverner par la vôtre ? . . . « Il en coû-
» tera des têtes . . . J'en suis fâché ; . . .
» je n'aime ni les ravages, ni le sang . . .
» mais qué pour l'amour de ces têtes je
» dérange mon plan , c'est ce que toutes
» les têtes du monde ne pourront me per-
» suader ; n'ai-je donc pas commencé par
» mettre la mienne même de la partie ?
» . . . . Et puis les femmes d'Hyrcanie et
» de la Bactriane sont si fécondes , que la
» perte sera insensible. » . . .

O *Alexandre !* m'écriai - je, tu as vingt
ans. Tes pareils, à cet âge, perdent dans
la mollesse et les plaisirs leur jeunesse
ignorée , contens de briller dans les parties de débauche et de former des entre-

Diogène.   N

prises sur la vertu de nos femmes... Et
toi, si jeune encore, tu as formé le projet de la monarchie universelle. Tu y
marches et je te vois prêt à l'exécuter...
Je te vois enthousiasmé de la grandeur
et de la beauté de tes idées. Tu es fait
pour exécuter ce que les petits génies re-
garderoient comme une chimère..... Je
serois ridicule à tes yeux, et même aux
miens, si je voulois te détourner de tes
desseins, eussai-je des objections solides
à te faire. Ce seroit précisément comme
si, par un enchaînement de syllogismes,
je voulois prouver à un amant bien épris,
qu'il feroit mieux d'abjurer l'Amour :...
Quand le ciel veut changer la face de la
terre, il crée des génies tels que le tien.
Les règles qu'il nous faut suivre à nous
autres, ne sont point des loix pour tes
pareils... Je te maudirois peut-être dans
le fond de mon cœur, si j'étois Athénien,
Spartiate, Egyptien, Mède ou Cappado-
cien. Mais je suis citoyen du monde. Le
bonheur du genre humain, considéré de
la manière la plus générale, est le seul intérêt assez grand à mes yeux, pour mériter attention. Vas, *Alexandre !* poursuis
les vastes projets qui remplissent ton
ame !... Mais, au milieu du cours de tes

brillans exploits, n'oublie jamais que
nous autres enfans de la terre sommes
aussi sensibles que toi à la douleur et au
plaisir, et que, malgré tous tes avantages, tu es sujet à périr comme nous. Une
faible partie de l'arc d'un vil Sogdien,
ou quelques gouttes de poison, mêlées
par un Mède perfide dans ta boisson, suf-
fisent pour convertir en illusions frivoles
tous les desseins de ta grande ame. Tu
parcours une carrière périlleuse. Tes flat-
teurs voudront te persuader que tu es
quelque chose de plus qu'un mortel. Le
moment où tu succomberas à la tentation
de les en croire, sera le terme de ta gloire
et de ta vertu. Tu souilleras l'éclat de tes
exploits par des forfaits qui prouveront
trop clairement que tu n'es qu'un mortel.
La cruauté, les passions les plus effrénées,
rendront ton gouvernement odieux, abré-
geront tes jours. Par elles ton règne sera
comme un de ces météores rares et brillans, qui plongent pour un instant l'univers dans l'étonnement ; mais qui dispa-
roissent soudain, tandis que tous les yeux
veulent encore les fixer.

Pendant tout ce discours, *Alexandre*,
assis près de moi, la tête baissée, sem-
bloit absorbé dans ses réflexions. Je pré-

sume que ma morale l'avoit un peu as-
soupi. Mais à peine eus-je fini, qu'il se
réveilla, se leva et me dit que dès le
point du jour il partiroit de Corinthe.
« Sérieusement, *Diogène*, ajouta-t-il ; je
» ne puis t'être bon à rien ?... Les Corin-
» thiens, je le vois, ne connoissent pas
» tout ce que tu vaux. »...

Je leur demande seulement de ne me
faire aucun mal. Les ames comme la vôtre sont faites pour exercer la bienfaisance. Ah ! *Alexandre*, il y a dans ce moment tant de milliers d'hommes qui lan-
guissent dans la misère et l'oppression !
faites que ces infortunés bénissent le jour
de votre naissance, et vous m'aurez fait
tout le bien que peut me faire le plus
grand des rois... » Tu es un heureux
» mortel, *Diogène*.... je ne puis me fâ-
» cher de ce que tu es peut-être le seul au
» monde, qui rejette mon amitié «...

Alexandre, lui dis-je, je t'honore plus
que je n'ai honoré aucun mortel ; mais je
ne sçaurois te dire ce que je ne pense
pas. Un roi ne peut avoir d'ami ni l'être
de personne.... « Maudite soit ta sincé-
» rité, *Diogène* ! Je n'en veux plus. Tu
» me ferois ambitionner ton tonneau, e[t]

l'univers a bien assez d'un *Diogène* »...
C'est ce que j'ignore. Mais je suis sûr
qu'il ne faudroit que deux *Alexandres* pour
l'anéantir ...

« Vieillard , tu dis vrai. Adieu. »

CHAPITRE XXXIV.
La République de Diogène.

I.

IL faut être un *Alexandre* pour concevoir
le projet inouï de ne former qu'un état
de tous les peuples de la terre. La force
de mon imagination ne va pas jusques-
là ...

Imaginons que je suis un sage enchan-
teur ; que je puis, au moyen d'une petite
baguette magique , réaliser toutes mes
idées , que je dispose d'une isle déserte
assez vaste pour contenir et nourrir plusieurs centaines de milliers d'hommes
avec femmes et enfans, c'est-à-dire ,
deux femmes et douze enfans pour chaque homme tout au plus.

Je suppose , en outre, que cette isle...
voyons ce que je dois supposer ... Si, par
exemple, mes sujets futurs sont encore

N 3

à naître; ou, si je les prends déjà nés,
mais encore dans l'enfance, ou déjà
grands, mais encore sauvages... ou s'ils
seront aussi policés, aussi habiles, aussi
bien éduqués et aussi sages que nous autres Grecs?... ceci mérite réflexion.

I I.

Tout bien considéré, je suis d'avis de
les prendre déjà grands. J'aurois trop de
peine à faire naître tant de gens et à les
élever jusqu'à ce qu'ils pussent aller sans
lisière.... Mais.... j'oublie que je suis
Magicien! ne puis-je pas d'un seul coup
de ma baguette les faire tels que je les
veux... ce n'est pas un petit avantage;
mais il est bien indispensable dans une
pareille opération. Quel homme pourroit
être assez insensé pour oser (si le choix
dépendoit de lui) instituer une République, s'il falloit prendre les gens comme
on les trouve?...

Je fais donc venir environ cent mille
jolies femmes de l'Albanie, de l'Ibérie ou
de la Colchide, Ces contrées en produi-
sent, dit-on, des plus belles.... Bien
entendu qu'entre quatre ou cinq cent
mille, je les ai toutes choisies grandés,
fortes, d'une belle venue, avec de longs

cheveux blonds, des yeux bleus, la gorge élevée, la taille parfaite, les reins arrondis et cambrés, enfin avec toutes les perfections que les connoisseurs exigent dans une beauté robuste..... au surplus, un teint de lys et de roses, et l'âge de vingt ans.

D'un coup de ma baguette, je les transporte toutes au pied de l'Antiliban, dans la plus délicieuse vallée du monde... Cependant les génies dont je dispose, ont dressé des tables sous des amandiers et sous des berceaux de vignes ... point de ces mêts délicats avec lesquels nos riches s'empoisonnent lentement ... des mêts nourrissans, savoureux et sains, et de l'eau de fontaine tant qu'elles voudront.

Tout est prêt ; à l'instant paroissent cent mille jeunes et beaux garçons, arrivés de l'Hyrcanie ou de la Bactriane ... point d'*Adonis*, point de ces doucereux *Ganymèdes* moins hommes que femmes, tels qu'on en trouve dans vos Gynecées de Corinthe .... mais des drôles frais, robustes et larges d'épaules, qui nous apportent toute la vigueur de la jeunesse, habitués à parcourir les forêts, et à percer de leurs traits leurs camarades, les tigres et les panthères, pour se revêtir de leurs peaux... imaginez, de grace, comme ces filles et ces garçons se considèrent.

Que la Nature achève à présent ce que j'ai commencé..... Ne vous inquiétez pas, elle vous fera de bon ouvrage.

« Mais, quoi! direz - vous, rien que
» de l'eau fraîche ? point *de vin de Thasos*
» *de Chypre ou de Chio* ? »...... Pas une goutte. Croyez - vous qu'il faille à mes Hyrcaniens de pareils restaurans ? Mes jeunes filles ne vous pardonneront jamais cette méfiance.... L'aurore paroît : les chasseurs s'éveillent ; ils ne souffrent point que les pauvres enfans reposent... J'y consens, puisque ce sera la dernière fois... à présent qu'on me les reporte dans leurs forêts aussi vîte qu'ils sont venus, je n'ai plus besoin d'eux.

O *Lucine* ! sois-nous propice. Dans neuf mois j'ai au moins cent trente mille petits nouveaux - nés. Les filles sont aimables comme des Amours.... voyons à présent si je ne vous ferai pas de cela une République telle qu'il n'y en a jamais eu.

I I L

Je me sçais bon gré à moi-même d'avoir fait faire selon ma fantaisie les habitans

futurs de ma République,.... ou, pour
mieux dire, de m'en être rapporté à notre bonne mère Nature, lui laissant le
soin de les faire comme elle jugeroit à
propos. Car, franchement, dans tout un
siècle, je ne viendrois pas à bout de tous
les changemens qu'il me faudroit entre-
prendre avec vos Grecs ou vos Asiatiques
si bien policés, jusqu'à ce qu'ils pussent
être de quelque utilité à ma République.

J'assistai, il y a quelque tems, aux Jeux
Isthmiens. Quelle foule incroyable de
peuples j'y vis d'un coup d'œil, depuis les
rois et les reines, jusqu'aux marchands
d'esclaves et aux fruitières ! Que de gen-
res et d'espèces divises presque à l'infini !
Hommes d'État, Archontes, Magistrats,
Orateurs, Avocats,.... Militaires, depuis
les Capitaines généraux, jusqu'aux Héros
à cinq sols par jour... Prêtres, Poëtes,
Historiens, Philosophes,.... Peintres,
Statuaires, Musiciens, Architectes, Maîtres passés dans tous les Arts nécessaires
et superflus, Banquiers, Commerçans,
Navigateurs, Jouailliers, Épiciers, Ca-
baretiers, Cuisiniers, Pâtissiers,... Comédiens, Mimes, Danseurs de corde, Bâteleurs, Escamoteurs, Coupeurs de bourse,
Parasites, Entremetteurs, ... et, entre

tous ces êtres-là, des gens d'esprit, des
bêtes, des honnêtes-gens, des fripons,
des ambitieux, des faquins, des usuriers,
des prodigues, des voluptueux, des dé-
bauchés, enfin des fous, des sots, des
fourbes et des scélerats de tant de différentes sortes, qu'*Aristote* lui-même auroit employé vingt ans à les classifier.

Que le Destin est un Dieu puissant,
pensois-je en moi-même! Quel Philosophe oseroit se flatter de former un tout
supportable de parties aussi hétérogènes?
Et de tout ces ingrédiens, ce Destin a
formé nos Royaumes, nos Républiques,
et cependant vous voyez que tout va encore assez passablement. Mais qu'on s'en
prenne à ma République, ou à tout ce
qu'on voudra, j'avouerai que si je me sers
de ces gens-là, ce sera bien le moins que
je pourrai.

Quel besoin pourrions-nous avoir en
effet de tout cet assemblage? Ma République doit aller toute seule, ou je n'en
donnerois pas une neffle.

Des Soldats?... Mes peuples seront heureux, sans qu'il y paroisse: je veux qu'on
croye qu'ils ne valent pas la peine d'être
attaqués;... et quant aux simples voleurs,

Ils ne les craindront pas. Ce sont des compagnons robustes et nerveux, qui sçavent manier une massue, comme vous autres un éventail... dès votre première tentative, ils vous feront sûrement passer l'envie de séduire leurs femmes et leurs filles.

Des Architectes ?... Nous n'aurons besoin ni de Palais, ni de Temples, ni d'Amphithéâtres : à quoi nous serviroit donc l'Architecture, à nous qui ne voulons que de petites maisonnettes bien propres, faites de bon bois, et qui puissent nous recevoir, quand le tems et la saison nous défendront de vivre en plein air ?

Nous nous contenterons de ce que la nature produira dans notre Isle, et nous consommerons tout nous-mêmes. Ainsi nous n'aurons rien à acheter ni échanger... Vos Navigateurs et vos Commerçans peuvent passer outre... ils n'ont rien à faire chez nous.

Il faut aussi que nous puissions nous passer de vos fabricans en soye et en laine. J'aurai soin qu'il y ait dans les forêts de notre Isle autant d'ours, de loups, de lynx et de renards qu'il en faudra pour les habits d'hyver de tous

mon monde. Quant aux habits d'été, je
veux que toute la partie méridionale du
pays soit plantée de cotonniers. C'est à
nos femmes à recueillir elles-mêmes le
coton, à le filer, à en faire de la toile,
à le teindre même, si elles veulent, et à
s'en faire des habits élégans et jolis, car
elles aiment la parure tout autant que
les vôtres.

« Et pourquoi des habits, demanderont
» nos Gymnosophistes ?... » D'abord,
parce que l'air et le soleil peuvent gâter
l'éclat et la fraîcheur de leur peau... Et
puis, je ne juge point à propos, que des
yeux de mes jeunes gens se familiarisent
avec les attraits de leurs bien-aimées au
point de les sçavoir par cœur, dès la
première vûe.

Je ne sçais que faire de ces Arts de
toute espèce, qui servent à votre luxe
et à votre libertinage. Je crois même
que nous vous laisserons vos *Peintres et
vos Sculpteurs*. J'y ai regret; mais la crainte
qu'un d'eux n'ait un jour la fantaisie
d'élever un petit temple à la Statue, dont
il aura orné son verger, et de s'en instituer le prêtre lui-même, balance mon
amour pour ces Arts enchanteurs, et
dans le fonds, je puis très-bien m'en passer.

ser. L'un de mes jeunes insulaires trouve-
t-il son amante si belle , qu'il désire de
voir sa figure immortalisée ?... Que l'amour
l'aide à en faire une copie vivante. Elle
vaudra toujours mieux que la plus belle
image que pourroit en former un *Lysippe*
ou un *Apelle.*

Loin d'ici vos cuisiniers , vos pâtissiers,
vos parfumeurs... La Nature apprêtera là
nourriture de mes citoyens, ou leur apprendra comme il faut l'apprêter. .. Ils
cueilleront sur les arbres et les buissons
toutes leurs friandises.... et mes citoyen-
nes doivent être les objets les plus propres , les plus appétissans et les mieux
parfumés du monde , sans autre chose que
de l'eau fraîche, des fleurs sur leur sein
et des feuilles de roses sur leur lit , ou
sur le tendre gazon , où je vous permet-
trai, à certaines conditions, de les surprendre endormies.

Vos Philosophes , vos Historiens , vos
Poëtes... Ils m'excuseront ; mais je ne
sçais que faire d'eux. La moitié de leur
science suffiroit , pour faire perdre à per-
pétuité à mes colons leur sens-commun...
La Poësie ? l'amour et le plaisir doivent là
leur inspirer. Vos Historiens ne leur ap-
prendroient qu'à connoître des vices qu'ils

Diogène.   O

doivent ignorer , ou des vertus qui ne
leur serviroient de rien. *La Philosophie ?*
Il ne leur faut que celle de *Diogène* , et ils
l'apprendront de leurs mères et de leurs
bonnes... Ainsi , Messieurs , Dieu vous
assiste.

Les Comédiens, les Mimes , les Danseurs , et tous leurs adhérens... peuvent
être des personnages très-intéressans dans
des Républiques telles que les vôtres... Ils
amusent le peuple, et... tant mieux pour
les Souverains ; mais parmi nous , ils ne
vaudroient rien. La joye doit apprendre à
danser à toute notre jeunesse. Joignez à
leurs danses les sons d'une flûte champêtre,
qui les tienne en mesure ; et je parie tout
ce qu'il vous plaira , que vous viendrez
vous-mêmes apprendre leurs ballets rusti-
ques ; vous voudrez les introduire dans
vos salles de bal : mais vous n'y introduirez
jamais la gaieté naïve qui en est l'ame :
il faudroit la sentir, et pour la sentir dans
toute sa pureté , il faudroit être habitant
de mon Isle... Des *Mimes* ne pourroient se
faire comprendre d'un peuple aussi simple que le mien; et des *Comédiens* , que
pourroient-ils nous représenter ?... des
Tragédies ?... Pourquoi voudrois-je sans

...té ternir par des larmes que l'art
...it répandre, les beaux yeux de mes
...nes femmes ?... des Comédies ?... Nous
...urons pas plus de folie parmi nous,
...il en faut indispenaablement, *pour*
... être ni trop stupides, ni trop sages, et ce
...rain de folie ne suffira pas, pour produire
...s caricatures dignes d'exciter les éclats
...un Parterre... Enfin, nous trouverons as-
...ez de moyens de passer le tems; ainsi
...rdez pour vous-mêmes vos amusemens...
...t puis, avec quoi pourrions-nous les
...yer?

Mais il faut avoir au moins des *Méde-*
...... Tant pis pour vous, s'il vous en
...t... J'honore vos *Hippocrates*; s'ils veu-
...t venir chez nous, ils seront les bien-
...nus, mais ils y trouveront peu de pra-
...ques... L'air est sain dans notre Isle, et
...ec une vie aussi simple que la nôtre, la
...briété de nos repas, la tranquillité de
...s ames, sans soins, sans inquiétudes,
...ns ambition, n'ayant que des passions
...nfaisantes, et que des fantaisies ré-
...issantes, qui nous entretiennent dans
...n sentiment agréable de notre existence,
...uel besoin aurions-nous de Médecins ?..,
Messieurs, nous vous appellerons dès
...ue nous serons dégoûtés d'une santé
...rop uniforme. O 2

Toutes ces autres Légions de personnages, qui vivent de l'adresse de leurs mains, ou de la volubilité de leurs langues, ou de l'ampleur de leurs épaules, ou de leurs complaisances pour vos passions, vos penchans, votre humeur... Dieu veuille, que vous trouviez moyen de purger vos États de ces immondices !... il y a encore tant d'Isles inhabitées, où vous pouvez les transplanter !... La nôtre est déjà occupée.

I V.

Elle est justement comme *Aristote* la desire : ni trop froide, ni trop chaude ; l'air pur et doux ; le sol fertile, les forêts peuplées de gibier et les bocages d'alouettes, de rossignols et de chardonnerets ; nos rivières et nos ruisseaux remplis de poissons : nos prés et nos vallons nourrissent des troupeaux nombreux et nos champs sont couverts de riz et de froment. Voilà, comme vous voyez, les provisions de plusieurs siècles, pour peu que mes gens veuillent prendre la peine de conserver les richesses, dont je les mets en possession.

Comme il ne m'en coûte qu'un coup de baguette, je leur ai fait construire les cabanes qu'ils doivent désormais habiter.

Elles sont toutes de bois de cèdre , cou-
vertes de feuilles de palmier, assez spa-
cieuses, uniformes, sans ornemens , et
dispersées à distances égales , dans toute
la partie habitable de mon Islé , dont plus
de la moitié est plat-pays. Je leur en ai
fait construire environ soixante mille; s'il
nous en faut davantage à l'avenir, ou si
quelques-unes menacent ruine, c'est à mes
Insulaires à y pourvoir.

Ceci est bientôt dit... mais il leur faudra pour cela des coignées et des scies ,
car je les défie de façonner   leurs
ongles et leurs dents une poutre u une
planche. Pour avoir des scies et des coignées, il leur faut des mines de fer , des
fourneaux et des forges , et pour avoir
tout cela, il leur faut... N'y pensons pas !
Il leur faudroit tant et tant de choses, que
ma pauvre République en seroit entièrement bouleversée... « Qu'ils habitent donc
» des maisons de chaume !... » mais cela
seroit trop sale et mes Républicains doivent être propres... « Des cavernes et des
» grottes !... » cela seroit très-bien, s'il y
avoit assez de rochers dans notre Isle , et
que la nature eût eu la complaisance de
les tailler tous en grottes. Quant aux villes,
je ne puis absolument en faire bâtir.....

Je ne sçais qu'un seul moyen de sortir
d'embarras... c'est de leur fournir d'abord
une bonne provision de coignées, de
marteaux et de scies, et ensuite de faire
échouer sur leurs côtes, tous les vingt
ans au moins, quelque vaisseau chargé
d'ustensiles de cette espèce.

V.

Il est tems, à la fin, que j'introduise
mes Colonistes dans leur nouvelle habitation. Par la vertu de ma baguette enchantée, je les ai tenus assoupis pendant
les dix-huit premières années de leur vie :
filles et garçons, ils s'éveillent tous à la
fois. Ils ont, dès le premier instant, la
taille et les forces de dix-huit ans. Ce sont
des fleurs épanouies. Chacun d'eux éprouve le doux sentiment de son existence, et
voit d'un coup d'œil le cercle étroit des
occupations que la Nature prescrit à
son activité...

O Amour, et toi, aimable Vénus !
bienfaisantes Divinités... Je vous invoque
en faveur de mes enfans ! C'est à vous
à développer cet attrait doux et puissant,
qui fera palpiter leur cœur pour la première fois, quand j'offrirai un sexe aux
regards de l'autre. Rendez l'ouvrage du

penchant et d'une tendre sensibilité, ce qui, sans vous, ne seroit que le jeu des organes.

Ne croyez pas qu'ici j'évoque *un Dieu dans la machine*. Le secours des Immortels que j'implore, m'est plus que nécessaire. Ce n'est pas une si petite affaire, que de rendre heureux, pour toute leur vie, cent trente mille personnes de dix-huit ans. Quand il a été simplement question de les faire naître, je n'ai employé que l'instinct, et ils n'en ont réussi que mieux. Mais à présent qu'ils sont tout faits, les rendre heureux,... voilà l'essentiel ! Ou plutôt, il s'agit d'empêcher que par imprudence ou par inexpérience, ils ne se rendent eux-mêmes malheureux. Car d'ailleurs, la nature a suffisamment pourvû à leur bonheur.

Je voudrois être assez grand Magicien, pour découvrir en leur faveur une nouvelle manière de perpétuer leur vie et leur espèce ; car, tout considéré de sens froid, le besoin de boire et de manger, et un autre qu'on éprouve ordinairement, quand on n'a ni faim ni soif, sont la véritable source des maux qui affligent l'humanité. Long-tems avant la belle *Hélène*, ce que vous sçavez causa une foule de

désordres effroyables... et combien l'intérêt et l'avidité enfantent de crimes, qui
cesseroient tout-à-coup, si nous pouvions
vivre d'air et des rayons du soleil !

Mais il n'y a rien à changer, et à cet
égard, mes chers nourrissons, ma bonne
volonté ne vous servira de rien. Il faut
bien, malgré que j'en aie, que vous vous
nourrissiez et que vous vous unissiez,
comme tous les autres habitans de la terre.
Tout ce que je puis pour vous, c'est de
prier la Nature de vous apprendre comment elle entend que vous fassiez l'un
et l'autre... car je ne suis pas assez extravagant, pour prétendre en sçavoir
plus qu'elle.

Commençons par assortir nos jeunes
gens. C'est assurément le point le plus
important. Actuellement les voilà tous
assis sous les arbres de leurs demeures,
dispersées dans toute l'étendue de l'Isle,
Mes officieux Génies leur servent un repas frugal, qui consiste en riz et en quelques fruits. Ce sera désormais leur nourriture ordinaire. Après le repas, ils se
leveront pour danser... Pendant qu'ils
dansent, je veux mettre cette partie de
notre législation entièrement au net. La
chose ne souffre pas le moindre retard.

Platon regarde la commuuauté des femmes, comme le plus sûr moyen de les empêcher de nuire. Cela est à merveille dans sa République, composée d'idées et qui n'a pour objet que des idées... mais dans la mienne, d'où j'ai banni tous les êtres métaphysiques, cette méthode ne vaudroit rien. La population de mon Isle en souffriroit. Nos enfans chercheroient leur père dans chaque homme qu'ils verroient, et ne pourroient le rencontrer dans aucun, parceque tout autre pourroit l'être comme celui-ci ou celui-là. L'amour que la nature a voulu, selon moi, rendre une source de félicité pour nous, l'amour deviendroit un simple besoin, un instinct brutal... Enfin, je ne comprends pas que mes enfans pussent être aussi heureux par cet arrangement que j'aurois envie qu'ils le fussent. » Mais, me dira *Platon*, par » quel autre moyen veux-tu prévenir cette » infinité de désordres que tu feras entrer » par mille portes, si tu introduis le droit » de propriété d'un sexe sur l'autre ?... » Et ne vois-tu pas que diviser ton peuple » en petites familles particulières, c'est » morceler ton État en autant de Sociétés, » dont chacune s'occupera de son intérêt » isolé, plûtòt que de l'intérêt général?„

C'est ce que je vois, divin *Platon*,... et je vois aussi que pour remédier aux irrégularités qui vous semblent si redoutables, vous ne faites que changer le nom des choses, et substituer à l'ordre, dans votre République, les désordres les plus condamnables... que pour l'intérêt général de cette Société idéale, vous anéantissez tous ces rapports qui font que chaque individu s'intéresse au bien commun, ou, pour mieux dire, par lesquels existe un intérêt commun...

Ce n'est pas ma faute, si la nature a laissé tant de petites ouvertures, par lesquelles l'erreur et la dépravation peuvent s'insinuer chez les hommes. Cependant, malgré tout cela, qu'on me fasse Prêtre de *Cybele*, si cette même chose merveilleuse, dont je vous ai parlé, n'occasionne pas, dans mon Isle, mille fois moins d'événemens fâcheux que dans toutes vos Isles, Presqu'îles et que dans tous les Continens du monde.

J'ai environ soixante mille garçons et soixante dix mille filles... Et je vous proteste que, malgré la différence du nombre, je n'ai pas envie d'en consacrer une seule *Diane* ?... Quoi ? je laisserois sécher inutilement sur pied dix mille jolies vierges,

fraîches comme la rose qui vient de s'épa-
nouir ?..... Non, pas une seule, aussi
vrai que je suis *Diogène*, fils de ma mère !
Je n'y vois pas d'autre moyen, que de
faire faire pour mes jeunes surnuméraires
autant de nouveaux garçons... ce qui ne
me plaît pas dans ce moment ; ... ou de
les distribuer entre les soixante mille...
ce qui seroit contraire à mon Antiplato-
nisme... ou...

Eh bien ! ne l'avois-je pas prévu ?... Ils
ont été bientôt fatigués de la Danse ; deux
à deux, ou, comme les Graces, trois à
trois, tout à disparu dans les bocages
enchantés, dont j'ai environné leurs demeures...Me voilà quitte de la peine d'imaginer un arrangement. L'Amour et sa
mère se moqueroient de moi, et le tout
n'en iroit pas moins selon leur fantaisie.
Que me serviroit-il de m'y opposer ?

Favorables Divinités de la tendresse,
ce sera donc à vous à diriger désormais
tout l'ouvrage. Pour célébrer la fête in-
augurale de ma République, multipliez
en cette soirée les unions, autant que
vous voudrez et que vous pourrez. Les
Dieux nuptiaux de mes nourrissons ne
doivent être ni l'aveugle Destin, ni un
pouvoir étranger auquel le cœur se res

fuse ordinairement. J'abdique dès cet instant, et pour toujours, l'autorité que je
pourrois m'arroger sur eux, sous quelque
prétexte que ce fût. L'amour seul a le
droit de régner sur leurs cœurs... j'espère
qu'il n'oubliera pas mes dix mille vierges.
S'il peut persuader à dix mille de leurs
sœurs, de s'accorder amiablement avec
un pareil nombre de jeunes gens, qui peut
y trouver à redire ?... « Mais les cinquan-
» te mille qui resteront, ne deviendront-
» ils pas jaloux ?... Non, si chacun d'eux
aime son amie, comme j'aimai jadis ma
Glycerion.... « Et si cela n'arrive pas ?... »
alors qu'ils s'accommodent ! je ne sçaurois pourvoir à tout.

V I.

Voilà mon Code Nuptial bien en règle.
J'espère voir, dans vingt ans d'ici, mon
Isle passablement peuplée.

Y a-t-il d'éternelles amours ? J'e n'en sais
rien ; mais je veux le croire pour mon
plaisir particulier, et pour la prospérité
de ma République. Je vais scandaliser bien
des gens. Mais il est dans mes principes,
et je crois qu'il est dans ceux de tout législateur sensé, de tenir les nœuds du
mariage pour indissolubles et sacrés. Je

veux

veux que mes jeunes Insulaires respectent et connoissent leurs parens. Je veux consacrer ces rapports si touchans de pères, de mères et d'enfans, par la durée du contrat sur lequel repose tout l'édifice de la société ; les parens ne tyranniseront point leurs enfans pour leur faire contracter des mariages de fortune, ou, comme disent les Athéniens, de convenance. S'il arrive donc de la mésintelligence dans quelque ménage, tant pis pour les intéressés ; ils auront eu la liberté du choix ; et s'ils s'en trouvent mal, ils n'auront à s'en prendre qu'à eux-mêmes d'avoir mal choisi.

Je ne vois pas pourquoi les unions ne seroient pas durables dans mon isle. L'ambition, l'intérêt, l'incompatibilité des humeurs, les inimitiés mortelles, l'impuissance, et toutes les causes possibles de vos divorces sont entièrement inconnues chez nous. Je ne serois guères d'avis de récompenser la fidélité conjugale ; car à quoi bon récompenser un mari pour avoir aimé sa femme, une femme pour avoir été fidèle à son mari ? Leur récompense est dans leur amour même. Ils sont heureux, puisqu'ils ont été fidèles. Cependant, comme j'ai fort à cœur d'habituer

Diogène.   P

de bonne heure mes jeunes R........cains
à respecter la vertu et les biensé....., je
veux que les époux qui auront vécu régu-
lièrement ensemble pendant l'espace de
quarante ans , soient couronnés solem-
nellement d'une couronne de jasmin
et de myrte. Ils auront le droit d'être
assis aux premiers rangs dans toutes les
fêtes avec cette couronne sur le front , et
ils diront leur avis les premiers dans les
assemblées.

Une belle ... (en général , il n'y a point
de laides dans mon isle) , une belle , con-
vaincue de favoriser à la fois deux amans,
sera condamnée à paroître , pendant trois
mois, dans toutes les fêtes et réjouissan-
ces publiques , avec des souliers pointus
hauts de deux palmes, et une coëffure de
poil de chèvre, haute de six ... Cette
punition paroît si affreuse à mes citoyen-
nes , que sur toute la terre on ne trouveroit pas d'êtres plus réservés qu'elles.

Au reste , il est défendu dans mon isle
de se mêler des affaires d'autrui. Celui ou
celle qui s'avisera d'épier un couple amou-
reux dans une grotte, ou de révéler à un
mari qu'on a vû sa femme, tête-à-tête,
avec un autre homme, derrière un buisson de roses ... sera mis, sans le moindre

délai, dans une barque ; on le recommandera poliment aux Tritons et aux Néréïdes, et par un léger vent de terre, on l'enverra caqueter en haute mer. Il ne faudroit qu'une créature aussi malfaisante, pour semer la discorde dans toute mon isle.

Mais, de la sorte, me direz-vous, il sera impossible de jamais convaincre une femme d'avoir favorisé deux hommes à la fois.....Difficile, j'en conviens, mais non pas impossible ; car je n'ai pû me dispenser de faire une exception à la loi dont je viens de parler, en faveur des époux qui seroient eux-mêmes immédiatement intéressés à l'accident. Si je m'apperçois que ma femme cherche à se trouver seule avec un autre, si je suis assez impoli pour les surprendre, non - seulement il m'est permis de la condamner à la peine des souliers pointus et de la coëffure pyramidale ; mais je suis aussi autorisé à sommer son amant de prendre ma femme et de me céder la sienne ; bien entendu, au reste, que celle - ci s'accommode de cet échange.

Cependant j'en veux croire mes esprits qui possèdent le don de prédire les évé-

nemens du monde moral pour quelques
siècles, avec autant de précision que nos
Astronomes en mettent dans le calcul des
éclipses; et ils m'assurent que dans les
vingt-cinq premières années de ma République, cet accident arrivera tout au
plus cinq ou six fois. Je crois que c'est
cinq ou six mille fois moins que cela
n'arriveroit dans les autres États, parmi
un pareil nombre d'habitans, pendant
un seul et unique mois.

L'Amour, pour qui j'ai d'ailleurs tout
le respect qui lui est dû, me pardon-
nera de dire qu'il est de sa nature un
petit libertin qui ne peut absolument
s'empêcher de commettre de tems en
tems quelques friponneries. Ce n'est pas
à moi de le réformer... et je défie vos
législateurs et vos moralistes tous ensemble d'en venir à bout. Il ne me reste
donc que deux ressources. L'une est de
lui couper entièrement les aîles; et si
vous en avez le courage, coupez-les-lui
vous-même, ou plutôt, par la même occasion, retranchez aussi tout le reste...
Mon autre ressource est de faire de la
décence une des principales vertus de
mon petit peuple; comme réellement elle
doit l'être par-tout et en toute occasion,

« Des trois cent soixante-cinq mots qui composent la langue de mon isle, j'ai exclu celui de *jalousie* ... ai-je eû tort. »

VII.

Un petit verger d'arbustes et d'arbres fruitiers, un petit jardin, un champ de riz et une plantation de cotonniers, voilà le domaine qui environne chaque habitation de ma nouvelle colonie. Il nous reste encore un espace honnête à défricher pour chaque famille, et plus elle s'accroîtra, plus il y aura de bras pour le travail.

Les hommes cultivent leur champ ou leur jardin, ou ils s'occupent de la pêche, ou ils chassent dans les forêts communes. Les jeunes garçons et les jeunes filles soignent et gardent les troupeaux, tant qu'ils sont dans l'âge qui convient à la vie pastorale. Les femmes veillent à l'intérieur du ménage. Elles ont aussi quelqu'inspection sur le jardin. Elles apprêtent le repas, ou leurs belles mains font prendre au coton mille formes variées, sous lesquelles il leur tient lieu de toutes les étoffes des Indes et de la Perse.

Ces travaux... n'ont justement que ce

P 3

qu'il faut pour donner plus d'appétit à
mes Colons, et leur faire goûter un
sommeil plus doux. Ils leur laissent encore du tems à donner à ces plaisirs qui
font, plus que tous les autres, sentir le
prix de la vie. Le père trouve le moment
de folâtrer avec ses enfans. Tout en jouant,
ses fils apprennent de lui à manier l'arc.
Il leur fait gagner leur déjeuner, en frap-
pant d'une flèche le but marqué. Cependant l'aimable épouse enseigne à ses
jeunes filles à imiter le rossignol, ou
à s'accompagner du cistre, en chantant
les vers d'un Poëte berger.

Le soir, quelques familles voisines se
rassemblent ordinairement sous les arbres
d'un joli paysage. La musique et la gaieté
naïve abrégent pour eux les instans; ils
considèrent les jeux de leurs enfans, en
se rappellant le doux songe de leur jeunesse.

Je fais grand cas de l'oisiveté et du plaisir, je l'avoue. Le travail est un *moyen*
de remplir le but de notre existence;
mais il n'en est pas le *but* même.

... Mes chers nourrissons, si je mets à
part le tems que vous passerez à sommeil-
ler, vous avez quarante ou cinquante an

tout au plus à vivre, et je ne ferois pas tout au monde, pour vous rendre votre existence agréable !

L'anniversaire de la fondation de ma République, le commencement de chaque mois, la moisson, la vendange sont des fêtes publiques, où le génie bienfaisant de la joye universelle répand ses influences sur toute mon Isle.

Ces fêtes sont le principal ressort, dont je me sers, pour conserver l'esprit d'union, de sociabilité et de bienfaisance universelle parmi mes sujets. Ce sont là les époques annuelles qui leur servent à mesurer la durée précise de leur vie. J'ai déjà vécu treize fêtes de roses, dit une jeune fille, pour exprimer qu'elle a treize ans. Il y a des jours dont l'attente réjouit d'avance pendant ceux qui précédent. On s'excite à la diligence. Les mères et leurs filles deviennent plus laborieuses, pour paroître plus proprement vêtues à la fête prochaine: et les hommes forment à l'envi des provisions suffisantes, pour bien accueillir leurs voisins.

J'ose dire, qu'en général, on trouveroit difficilement dans le monde une contrée, où l'on jouit, dans un plus haut degré

du bonheur de reposer au pied d'un arbre,
ou de s'occuper à ne rien faire.... où le
plaisir dans les jours de fêtes marquât
plus d'union, fût plus général et en même
tems plus innocent, plus décent que dans
mon Isle. Mes peuples sont naturellement
francs, gais et bien dispos. Ils se réjouis-
sent de bon cœur ensemble de leur existence, et ils ne conçoivent nullement,
comment on pourroit s'y prendre pour se
nuire réciproquement, ni *pourquoi* on le
feroit. Je leur ai ôté toutes les occasions
d'avoir une pensée aussi dénaturée.

Intimément persuadé que tout ce qui
les écarteroit de la simplicité et de la mo-
dération naturelle, les éloigneroit également de la félicité... j'ai tout employé
pour les empêcher de perdre jamais cette
heureuse simplicité. L'inventeur d'une
Danse nouvelle, d'un chant nouveau,
d'une nouvelle mélodie, sera récompen-
sé par le plaisir, qu'il aura procuré à ses
camarades (c'est le nom que mes Insulaires se donnent entre eux); mais l'intro-
ducteur de toute autre nouveauté ou invention, qui auroit pour objet quelque
amélioration prétendue dans leur façon de
vivre, de se loger, de se nourrir, de re-

poser, dans leurs habits, leurs travaux, leurs mœurs et l'uniformité que j'ai introduite dans tout cela, s'attireroit le traitement réservé aux perturbateurs du repos conjugal. On le mettroit dans une barque et on l'enverroit en pleine mer.

Le Bon et le Beau suivent constamment les douces ondulations d'une même ligne, sans s'égarer dans les détours obliques, qui la croisent sans cesse. De sa nature le Beau est Un, et, quoiqu'en disent vos Philosophes, dès qu'on l'a rencontré, il faut s'y tenir. Tout changement conduiroit au pire.

Pour vous en convaincre, amenez-moi un seul de vos jeunes Athéniens et voyez au bout de huit jours, ce qu'il aura fait de ma pauvre République. Vêtu d'un habit de pourpre, où brille une broderie à fleurs d'argent, mon jeune et joli Seigneur s'avance fièrement. Il exhale autour de lui les essences de toute l'Arabie; il est élégamment peigné, élégamment chaussé; en un mot, il éclate de toutes parts, comme le Dieu du jour, lorsque les Heures diligentes ouvrent devant lui les portes dorées du matin... Quelles exclamations il fait, en appercevant nos beautés,

parées d'un simple habit de coton que
leurs mains ont filé; leurs cheveux négligemment entrelacés de quelques fleurs,
leurs oreilles sans girandoles, leurs doigts
sans bagues, leur chevelure sans aigret-
tes de diamans !... Quelles exclamations à
la vûe de leurs cabanes, de leurs repas,
de leurs fêtes, de leurs Danses !... « O
» Dieux ! que ces filles seroient charman-
» tes, si l'éducation venoit à l'appui d'un
» naturel aussi heureux ! quel dommage
» de faire mener une vie si misérable à
» de si adorables créatures ! » *Nous sommes*
heureuses, jeune étranger... « Vous appel-
» lez cela être heureuses !... pauvres victi-
» times ! »... j'ai pitié de votre ignoran-
» ce.... Aussi-tôt il s'empresse de faire
cesser cette ignorance, dont dépend en
effet leur félicité. D'abord, elles ont
peine à le comprendre... Mais ce qu'il
ne peut leur décrire, il le leur montre.
Sa parure, ses diamans, son or, tout un
magazin de cent jolies babioles qu'il porte
avec lui et dont elles n'auroient pas de-
viné l'usage en cent ans,..... tout cela
fait impression ; on commence à s'appercevoir que l'on est pauvre, simple, igno-
rante... mille nouveaux penchans s'élè-
vent dans leurs ames séduites, et trou-

blent la double inaction de leurs facultés, jusqu'à ce moment assoupies. Mon
agréable instituteur se sert des malheu-
reuses dispostions qu'il a commencé à
leur inspirer. Il se fait bâtir un palais au
milieu de mes Colons. Il leur donne l'or,
les arts, les sciences, les métiers ; ...
il les rend heureux pour quelques jours,
ils le regardent comme une Divinité bienfaisante ; et leur reconnoissance pourroit-
elle faire moins que de les rendre ses esclaves ?

Qu'arrivera-t-il de-là ? Mon Isle, en
moins de dix années, fourmille d'Artisans,
d'Artistes, de Marchands, de Navigateurs,
d'Hommes d'État, de Prêtres, de Soldats,
de Juges, d'Avocats, de Fermiers généraux, de Médecins, de Philosophes, de
Poëtes, de Comédiens, de Mimes, de
Bâteleurs, d'Escamoteurs, de Filoux,
d'Entremetteurs, de Fripons et... de Men-
dians... comme la belle ville de Corinthe
aux Jeux Isthmiens ! Ah ! le bienfaisant
Athénien ! Il nous a fait présent de la
boëte de Pandore. Nous lui avons donné
notre liberté, notre repos, notre paisible
gaieté, notre heureuse oisiveté. En revanche, nous avons reçu de lui les besoins, les passions, les folies, les vices,

les maladies, les soucis et les chagrins
qui ont creusé nos yeux et desséché nos
joues... Qu'il a merveilleusement bien re-
formé la République de *Diogène*! son Isle
est à présent, grace à vos Arts et à vos
Sciences, ce que sont toutes vos Isles!...
Et voilà bien de la peine perdue!

VIII.

Je vous ai déjà si bien mis au fait de
ma façon de penser, qu'il est presque inutile de vous entretenir de la constitution
de ma République. Elle est très-simple.
Il ne m'a pas fallu une demie-heure pour
l'imaginer.

Si vous ôtez les différences qui sont
l'ouvrage de la nature même, tous mes
Républicains sont égaux... Ce beau prin-
cipe : *Le plus fort est le maître naturel du
plus foible;* mes enfans supplient par ma
bouche le Seigneur *Aristote* de ne pas
s'offenser, s'ils le regardent comme une
des plus abominables assertions qui soient
jamais sorties du cerveau d'un Philosophe.
Le plus fort est le protecteur naturel du
plus foible; voilà tout. Sa force ne lui
donne aucun droit : elle ne fait que lui
imposer un devoir de plus.

Rien d'artificiel dans la façon de vivre

..... Insulaires. Ils se conforment au
climat. Ils n'ont presque point de besoins.
J'ai eu soin de les unir des plus étroits
liens. Je m'en suis rapporté, avec raison,
à la bonté de la Nature. En conséquence , je leur ai donné très - peu de
loix . . . comment pourrois - je craindre
pour eux une dépravation assez grande,
pour m'engager à les prémunir d'une police artificielle ?

Que vos législateurs me pardonnent !
Mais il me paroît qu'ils agissent souvent
comme cet honnête animal d'ours , dont
je dirai l'histoire à ceux qui ne la savent
pas. Il étoit ami d'un bon Solitaire. Un
jour que celui-ci dormoit , il apperçut
une mouche sur son visage : il prit une
grosse pierre pour la chasser, et d'un seul
coup il tua la mouche et le Solitaire. . .

De petites dissensions viennent-elles à
s'élever entre mes Colons ? quelqu'un
d'eux , par pétulance , jalousie ou mauvaise humeur , pousse-t-il l'oubli de lui-
même jusqu'à faire à un autre ce qu'il
ne voudroit pas qu'on lui fît ? . . . L'affaire ne sera pas si embrouillée, qu'on
ne puisse bientôt , sans avocats, sans
juges, sans première, seconde, troisiè-

Diogène.   Q

me instance, tout rétablir dans l'ancien
état. Ordinairement l'affaire est de si
foible importance, qu'avec un peu de
patience d'un côté, et un petit retour
sur soi-même de l'autre, elle peut être
aisément accommodée. Au besoin on
prend deux voisins pour arbitres, et l'on
se soumet sans résistance à leur décision.

Chez un peuple aussi doux, on n'a
point à craindre les voyes de fait; et en
tout cas, je suis sûr que le sentiment de
l'intérêt général armeroit, dès le premier
cri, autant de bras qu'il en faudroit pour
soutenir l'opprimé contre l'oppresseur.

En général, un peuple gouverné par
les mœurs n'a pas besoin de loix tant que
ses mœurs lui restent. Et si mes Insulaires perdent jamais les leurs... que le
ciel leur soit en aide ! Alors la nécessité
leur apprendra à en faire d'aussi bonnes
que celles de *Platon* ou *d'Aristote* ... mais
sans les mœurs, que sont les loix ?...

I X.

Toute notre législation pourra se ré-
duire à ce précepte, et c'est le seul que
je veux écrire : *sois juste et bienfaisant.*
Tant qu'il sera observé religieusement,
je serai tranquille sur le sort de ma Ré-

publique ; elle sera la mieux ordonnée et
la plus heureuse du monde.

Lycurgue, pour engager les Lacédémo-
niens à observer inviolablement les loix
qu'il leur avoit données, leur fit promet-
tre avec serment de n'y rien changer jusqu'à son retour. Il alla ensuite dans l'isle
de Crète où il se donna la mort, après
avoir ordonné que l'on jettât ses cendres
à la mer. D'autres législateurs avoient un
commerce secret avec les Dieux. Tous
ont prononcé les châtimens les plus rigoureux contre ceux qui violeroient leurs
loix. Elles étoient donc insensées ces
loix, si le législateur a eu besoin de tous
ces petits moyens pour les faire respecter, s'il a pu craindre leur infraction tout
en les publiant. Elles n'étoient donc pas
propres à rendre la République heureuse,
sans quoi leur sanction eût été au fond
du cœur des citoyens. Il n'auroit pas fallu
armer la justice d'un glaive : chacun, in-
timement persuadé que de l'observation
des loix dépendoit son bonheur, n'auroit jamais songé à les enfreindre.

Solon, cet homme si sage qu'on lui a
donné la première place entre vos sept
Sages, Solon, le législateur d'Athènes,
eut dans un âge duquel on n'exige tout

au plus que de la gravité, assez de courage et d'esprit . . . .

. . . . (*) . .

X.

» Et combien crois-tu, *Diogène*, que
» durera la sotte institution, que tu ap-
» pelles ta République ?...

... Je fis précisément la même question à *Alexandre*; mais j'y vais répondre
à ma façon. Elle durera jusqu'à ce que
mes Insulaires viennent à connoître, soit
par le moyen de notre Athénien, soit de
toute autre manière, les avantages que
vous avez sur eux. L'ignorance, qui chez
vous est un des plus grands maux, est le
fondement de leur félicité.

« Mais, direz-vous, est-il donc impos-
» sible de concilier l'esprit, le goût, les
» commodités, la magnificence, les super-
» fluités et tous les avantages du luxe,
» avec l'ordre et les mœurs, avec les
» vertus publiques et la félicité généra-
» le ?... » Rien de plus facile... dans un
État, qui, comme la République de
Diogène, ne seroit qu'une pure chimère.

(*) Il y a ici, au grand regret de l'Éditeur, une
lacune dans le manuscrit, et il avoue que le rétablissement de ce passage est au-dessus de ses
forces.

Je voudrois bien, qu'*Alexandre de Macédoine*, ou le *roi de Babylone*, ou le premier roi que vous croirez le meilleur, eût la bonté de réfuter mon sentiment par une épreuve. Qui sçait ce qui en arriveroit dans deux ou trois mille ans?

Je l'avouerai : si un observateur, du haut de la Lune, par exemple, portoit ses regards sur notre hémisphère, et voyoit comme il est bigarré d'une infinité de différentes espèces d'habitans, à têtes triangulaires, quarrées, ovales, rondes; à nez aquilins, plats et retroussés; à cheveux longs ou crépus, blonds, rouges, noirs; à peau blanche, brune, olivâtre, bronzée, noire; à taille haute, moyenne ou naine; vêtus d'étoffes d'or ou d'argent, de soye, de pourpre, de lin, de coton, de laine, de peaux d'ours ou de chien de mer, ou bien sans habits, avec un simple pagne ou une écharpe sur leur ceinture, ou même sans pagne et sans écharpe; logés dans des Palais de marbre, ou dans des maisons de briques, de bois, de roseaux, de glaise ou de chaume; avec toutes leurs diversités d'usages, de mœurs, de barbarie, de police et de tyrannie; avec toutes leurs croyances en une infinité de Dieux pro-

tecteurs ou mal-faisans , et avec leurs
visages couverts du masque de toutes les
fausses vertus et de toutes leurs perfections imaginaires ou artificielles ; .. ce
coup d'œil, dis-je, offriroit à un observateur lunaire (qui d'ailleurs n'y auroit
rien à gagner, ni à perdre), un spectacle
beaucoup plus agréable que celui d'un
peuple aussi uniforme que mes Insulaires.

Faisons encore un pas , et cette supposition nous mènera à croire que les
hommes ne sont destinés qu'à servir de
passe-tems à la malignité de quelques
Génies puissans... mais cette idée est si
décourageante , si affligeante et tellement
sinistre que je ne saurois la souffrir un
instant.

Je ne suis rien moins que détracteur
de vos Sciences et de vos Arts. Dès
qu'un peuple est arrivé au point d'en
avoir besoin , il n'a rien de mieux à
faire que de les pousser à leur plus haut
point de perfection. Plus vous vous êtes
éloignés de la simplicité primitive de la
nature , plus les ressorts de votre police
sont compliqués , plus vos intérêts em-
brouillés , plus vos mœurs corrompues ,...
plus aussi la Philosophie vous est nécessaire pour pallier votre misère , pour

concilier vos intérêts opposés, pour étayer
de son mieux votre édifice social qui me-
nace ruine à chaque instant.

Mais, convenez aussi que cette même
Philosophie, si son activité bienfaisante
n'étoit rallentie par une foule incroyable
de causes destructives, vous ramèneroit
par des gradations imperceptibles à cette
simplicité originelle, dont vous vous êtes
écartés... Sans quoi le rétablissement de
la santé ne seroit point l'objet de la
Médecine.

Dans votre état actuel, que font vos
Philosophes, si ce n'est de vous prouver
sans cesse que vous avez des idées fausses de presque tous les objets, que vous
agissez presque toujours mal, et que votre constitution, votre police et vos usages auroient besoin d'un changement
presque général?... c'est ce qui s'appelle
prouver au malade, qu'il est incommodé...
Le guérir, seroit le grand point... mais
je gagerois qu'ils songent aussi peu à
vous rendre sains que vous à le devenir.
Je pourrois vous dire une bonne raison
de l'opinion où je suis à cet égard ;
mais il ne faut pas dire tout ce qu'on
sait,

Je me flatte donc que vous observez

rez que ce n'est pas ma faute si la neige me paroît blanche, et qu'en conséquence.... vous trouverez bon que je n'imagine pas comment on pourroit être heureux avec dix mille besoins,... ou comment cette foule inouie de besoins peut être une chose aussi admirable que vous le pensez.

Il ne m'a fallu que la conviction du contraire pour épargner, autant que j'ai pû, tous ces besoins aux habitans de ma République, puisque j'étois maître de l'instituer comme il me plaisoit. Je n'aurois pû jouir, pendant une seule nuit, d'un sommeil paisible, si j'eusse pu me dire : ne valoit-il pas mieux ne rien faire du tout que de faire, des malheureux ?

Par une suite de cette tendresse pour mes enfans, et pour leur enlever, autant qu'il dépend de moi, toute occasion de développer leur perfectibilité, je ne puis m'empêcher de recourir encore à mes enchantemens et de rendre l'isle invisible pour l'éternité. Vos plus habiles navigateurs auront beau la chercher, ils ne la trouveront jamais.

FIN.